BLACKWOOD

Du même auteur
chez Sonatine Éditions

Nulle part sur la terre, traduit de l'anglais (États-Unis) par Pierre Demarty, 2017.
Le Pays des oubliés, traduit de l'anglais (États-Unis) par Fabrice Pointeau, 2019.

Du même auteur
chez Super 8 Éditions

Une pluie sans fin, traduit de l'anglais (États-Unis) par Michelle Charrier, 2015.

Michael Farris Smith

BLACKWOOD

Traduit de l'anglais (États-Unis)
par Fabrice Pointeau

SONATINE ÉDITIONS

Directeurs de collection : Arnaud Hofmarcher
et Marie Misandeau
Coordination éditoriale : Pierre Delacolonge

Titre original : *Blackwood*
Éditeur original : Little, Brown and Company

Sonatine Éditions
32, rue Washington
75008 Paris
lisezsonatine.com

Ouvrage réalisé par Cursives à Paris

ISBN 978-2-35584-833-9
N° d'édition : 833 – Dépôt légal : avril 2021

Pour Ellen

Les renards ont des terriers, les oiseaux du ciel ont des nids ;
mais le Fils de l'homme n'a pas d'endroit où reposer la tête.

Matthieu 8, 20

1956

1

Colburn était avec sa mère dans la cuisine lorsqu'elle lui dit va chercher ton père. La longue lumière d'une journée d'août suintait à travers les fenêtres. Son visage et ses mains sales après avoir joué au football dans le jardin du voisin. Sa mère essuya la sueur sur son visage avec un torchon. Lui tint le menton dans la main et l'observa. Tu vas bientôt avoir douze ans. Je n'arrive pas à le croire. Il demanda où était son père et elle répondit derrière dans l'atelier. Va lui dire que c'est l'heure du dîner. Le garçon remarqua la bouteille vide sur la paillasse, sous le placard en hauteur dans lequel son père gardait son whiskey, et il la souleva et dévissa le bouchon, renifla et ça lui brûla le nez et sa mère rit quand il fit la moue et elle lui dit ça devrait t'apprendre tout ce que tu as besoin de savoir sur ce truc. N'y touche pas. Ni maintenant ni jamais. Et alors le sourire de sa mère quitta son visage et son regard se déporta hors de la cuisine en direction du jardin. Il se déporta jusqu'à l'atelier où son père se terrait presque chaque jour quand il rentrait du travail. Parfois le bourdonnement d'une scie ou le cognement d'un marteau, mais principalement du silence en provenance de l'atelier. Son regard se déporta et un vide s'empara de son visage.

Elle baissa les yeux. Ouvrit le robinet et se lava les mains. Ferma les yeux puis porta le bout de ses doigts humides à ses paupières et les laissa là, des gouttes d'eau s'écoulant sur ses poignets et dégoulinant de ses joues, tellement silencieuse tandis qu'elle était figée avec les doigts sur les paupières que c'était comme si elle ordonnait au temps et à l'espace de l'attendre. De l'attendre juste un moment, jusqu'à ce qu'elle soit de nouveau prête. Colburn savait qu'il valait mieux la laisser tranquille quand elle était comme ça, alors il sortit de la cuisine et traversa le jardin. Il appela son père avant d'arriver à l'atelier. C'est l'heure de manger. Maman te dit de venir. Parfois il aimait aller à l'atelier. Quand la radio était allumée et que son père transpirait sur un projet destiné à tuer le temps et qu'il l'autorisait à planter un clou ou à essuyer un pinceau, et il y avait alors en son père un calme qu'il ne retrouvait à nul autre moment. Des taches de lumière aléatoires qui contrastaient avec la noirceur qu'il avait en lui. Et à cause de cette noirceur il n'aimait pas aller à l'atelier quand il n'y avait pas de bruit. Car c'était alors qu'il trouvait son père assis sur une chaise pliante, voûté, les coudes posés sur les genoux, une bouteille pendant de sa main et les yeux injectés de sang et la voix d'un autre homme lui lançant, qu'est-ce que tu veux ? Hein ? Qu'est-ce que tu veux encore ? Et il s'éloignait de la porte ouverte et se retournait et regagnait la maison aussi vite que possible et disait à sa mère il n'est pas encore prêt à venir et ce ne serait que le lendemain à la table du petit déjeuner qu'il reverrait son père.

Ce jour-là il n'y avait pas de bruit, mais il poursuivait encore mentalement sa partie de football lorsqu'il atteignit la porte de l'atelier. Il tendit la main vers la poignée puis se figea. Se demanda pourquoi la porte était fermée par cette lourde chaleur et jeta un coup d'œil à travers les lattes et ne vit que de l'ombre. Il regarda par-dessus son épaule en direction de la fenêtre de la cuisine où sa mère allait et venait, mettant la table et versant du thé dans des verres pleins de glaçons, et sa main toucha de nouveau la poignée et il ouvrit la porte. Il passa la main à l'intérieur pour actionner l'interrupteur mais c'est alors qu'il entendit un grognement et un souffle. Les rais de lumière qui pénétraient entre les planches des murs découpaient son père tandis que celui-ci se débattait, pendu à une poutre du plafond de la remise, ses chevilles recourbées comme celles d'une ballerine et ses orteils frappant le haut d'un tabouret, son visage rouge et de la salive s'échappant des coins de sa bouche tandis que le nœud coulant lui serrait la gorge. Les yeux du garçon s'élargirent et il recula, se cogna la tête contre le montant de la porte tandis que son père grognait et suffoquait et se frappait la gorge et le visage, tentant de dire quelque chose mais ne parvenant qu'à faire signe au garçon d'approcher. Il lui fit signe d'approcher et Colburn s'avança et tira deux briques d'une petite pile dans le coin de la remise et les posa sur le tabouret puis tenta de poser les pieds de son père dessus, mais celui-ci les écarta d'un coup de pied. Il donna à Colburn une claque derrière la tête et d'un geste rapide lui fit signe de s'éloigner. Lui désigna l'autre côté de l'atelier et tenta de lui communiquer un message impossible, mais il ne faisait que grogner et cracher et mourir. Le bout de ses orteils tapant sur le haut du tabouret dans ce grand moment d'indécision, et Colburn fixa son père et plongea son regard dans ses yeux exorbités. Il ne s'enfuit pas en courant ni ne hurla, comme si des mains invisibles lui couvraient la bouche et le retenaient par les épaules et les bras. La poutre du plafond grinçait sous le poids de son père qui luttait contre le temps et la gravité tandis que la poussière dansait dans la lumière oblique. Et alors Colburn agita la tête et les épaules comme pour se libérer des mains qui le retenaient et il se précipita en avant et fit voler d'un coup de pied le tabouret de sous son père.

Il recula. Croisa une dernière fois le regard de son père. Puis il quitta l'atelier, refermant la porte derrière lui. Il se tint dans le jardin. Observa sa mère aller de la gazinière à la table, des maniques aux mains et portant un ragoût. Elle posa le plat au milieu de la table puis jeta un œil par la fenêtre. Surprit Colburn qui la regardait et lui adressa un demi-sourire, un demi-sourire qu'il avait vu à de nombreuses reprises et qui n'était qu'un piètre masque pour cacher sa tristesse, et lorsque tout fut silencieux dans l'atelier, il traversa le jardin et alla la chercher à l'intérieur.

1976

2

La Cadillac pourrie pénétra en ahanant dans Red Bluff, la voiture ayant péniblement franchi les plaines du Delta et les collines du Mississippi, les ondulations du paysage poussant le véhicule cahotant au-delà de ce qui lui restait de capacités. Le moteur mourut finalement tandis qu'ils approchaient de la poignée de rues qui constituaient le centre-ville et la longue voiture s'immobilisa au bord du parking du bureau de poste. De la fumée enveloppait le capot, emportée en un nuage informe par le vent du début de l'été. Un sifflement du moteur. Une odeur d'essence. L'homme et la femme étaient assis à l'avant et le garçon sur la banquette arrière. Des yeux regardant par les vitres ouvertes. Des visages maigres de soumission.

« On est où ? demanda la femme.

– Ici », répondit l'homme.

Une femme en uniforme bleu terne sortit du bureau de poste avec un paquet sous le bras. Marqua une pause, ôta ses lunettes et regarda la voiture. Pas d'enjoliveurs. De petites bosselures sur les portières. Le pare-chocs arrière maintenu en place par un cintre tordu. L'homme passa la tête par la vitre et renifla et cracha. Elle secoua la sienne et fronça les sourcils puis traversa le parking et grimpa dans le fourgon postal et s'en alla.

« J'ai faim, déclara la femme dans la voiture. Qu'est-ce qu'on a à l'arrière ? »

Le garçon tendit un petit gâteau enveloppé dans de la Cellophane. Il était déformé et le glaçage avait fondu sur l'emballage, pourtant elle le prit et le déchira.

« Donne-moi une bouchée », dit l'homme. Mais elle ouvrit la bouche en grand et goba le gâteau en entier, le chocolat dégoulinant aux coins de ses lèvres tandis qu'elle mâchait.

Le garçon sortit. Puis l'homme et la femme firent de même. Ils se rassemblèrent devant la voiture, le sifflement s'étant arrêté. L'homme s'agenouilla et regarda dessous. Puis il se releva et se mit à marcher sans un mot, et la femme et le garçon le suivirent. Trois silhouettes dégingandées. Les vêtements de la femme trop grands et ceux du garçon trop petits et l'homme tirant sur son menton et caressant une barbe éparse. Ils avancèrent tels des revenants sur le trottoir. Tous avec les mêmes membres filiformes et la bouche enfoncée et la peau tannée. Ils passèrent devant une église. Un magasin de fourrage. Une quincaillerie. Puis des bâtiments vacants. Pour chaque vitrine avec une pancarte « OUVERT » dans la devanture il y en avait trois qui n'étaient que des coquilles vides, la petite ville embourbée dans le purgatoire de ce qui avait été et ce qui serait.

Une cloche tinta quand ils pénétrèrent dans le drugstore. Le pharmacien en blouse blanche leva les yeux de son perchoir au fond. Une adolescente avec une queue-de-cheval était assise sur un tabouret derrière le comptoir, faisant claquer des bulles de chewing-gum tout en lisant un magazine, et quand elle sentit leur odeur elle retint son souffle jusqu'à ce qu'ils soient passés puis elle plissa le nez et agita le magazine sous ses narines.

« Vous avez besoin d'aide ? » lança le pharmacien.

Ses cheveux étaient fins et argentés et de la poche de sa blouse dépassaient des lunettes et des stylos. Aucun d'entre eux ne lui répondit tandis qu'ils déambulaient d'allée en allée en traînant des pieds, regardant les piles et les pastilles contre la toux. Tuant autant de temps que possible dans la pièce fraîche. Tout était silencieux à l'exception des mouvements du pharmacien et de la fille, et la femme murmura je voudrais pouvoir m'allonger ici et dormir.

« Avant on trouvait de la glace et des sandwiches dans les drugstores, dit l'homme. Vous en avez ?

– Non, répondit le pharmacien.

– Comment ça se fait ?

– Parce qu'on n'en a pas.

– Ils vendent des sandwiches au café », déclara la fille.

Elle posa son magazine, sortit de derrière le comptoir et marcha jusqu'à la porte. La tenant ouverte comme s'ils lui avaient demandé de préparer leur sortie.

« Vous devez être de passage, observa le pharmacien.

– Plus maintenant, répondit la femme.

– Ça pourrait devenir chez nous », ajouta l'homme, son visage sale tandis qu'il fixait le pharmacien de ses yeux noirs creusés et longeait l'allée centrale, s'approchant de lui. Il s'empara distraitement d'une boîte de mouchoirs en papier, la brandit et demanda combien ça coûte.

« Le café est par là, déclara le pharmacien, et il agita la main en direction de la porte. Les mouchoirs en papier, ça se mange pas. »

L'homme balança la boîte par terre. En attrapa une autre sur le présentoir et fit la même chose. La femme était d'un côté du magasin, en train d'enfoncer un paquet de sous-vêtements propres sous son tee-shirt, et le garçon était de l'autre côté, en train d'enfoncer des barres chocolatées dans son pantalon.

« Laissez les boîtes où elles sont, déclara l'homme. Je reviendrai les chercher après qu'on sera allés à ce café dont vous arrêtez pas de causer. Je me souviens exactement de là où elles sont. Laissez personne d'autre les acheter.

– Allez-vous-en », ordonna le pharmacien. Il avait fait un pas sur la droite. Plus près du téléphone. « Je suis sérieux.

– Moi aussi. »

L'homme se retourna alors et longea l'allée centrale en direction de la sortie. Le garçon et la femme le rejoignirent, et comme ils quittaient le drugstore l'homme enfonça un doigt dans le ventre de l'adolescente qui tenait toujours la porte ouverte et il prononça je crois que je vais revenir très bientôt et t'examiner de plus près.

La femme dormait sur la banquette arrière avec un bras enroulé en travers de son visage. L'homme était assis sur le coffre en train de fumer une cigarette, ses yeux tournés vers le crépuscule, repensant à la dispute que la femme et lui avaient eue deux jours plus tôt. La fin de leur squat dans la ferme. Un type à barbe grise et en salopette pointant un fusil de chasse sur eux et les accompagnant jusqu'à la limite de la propriété. La femme portant le petit garçon et l'homme et le garçon plus âgé levant les mains au-dessus de leur tête. Marchant jusqu'à l'endroit dans les bois où ils avaient caché leur voiture et montant dedans puis longeant la route de terre tandis que le fusil tirait un dernier coup de semonce en l'air. Atteignant une station-service et restant assis là avec les vitres fermées tandis qu'une pluie oblique balayait le Delta. Il avait donné un dollar au garçon et avait dit va à l'intérieur et achète-nous de la viande en conserve et du Coca. Une fois le garçon parti l'homme avait dit à la femme on peut pas nourrir tout le monde. Faut qu'on se débarrasse d'un des deux. Le petit garçon endormi dans les bras de sa mère. Sa bouche ouverte et ses lèvres sèches. On peut pas continuer comme ça. C'était un calcul élémentaire pour lui. La simple équation qui disait pas assez pour survivre et trop de poids à porter dans cette vie, et il n'avait jamais cru que c'était son sang qui coulait dans les veines de l'enfant de toute manière.

Ce soir-là il avait regardé le crépuscule et tout justifié tandis qu'il fumait une cigarette et écoutait les grillons. Il avait su avant même d'évoquer l'idée qu'elle céderait. Qu'elle serait d'accord. Ils devaient alléger la charge. Et elle avait accepté, plus facilement qu'il ne l'aurait cru.

Ils avaient laissé le petit garçon dans l'après-midi. Nu à l'exception de sa couche. Déposé à côté de lui un sac à dos rempli de tee-shirts roulés en boule et de couches. De petits soldats en plastique. Un bout de papier avec son nom griffonné dessus. La femme frappant à la porte située à l'arrière du magasin caritatif et repartant en courant et grimpant dans la voiture, sans jeter un dernier regard à l'enfant. Une main sur les yeux tandis qu'ils quittaient le parking. Avant la nuit elle avait été taraudée par le regret, pleurant toute la soirée tandis qu'ils étaient assis dans la voiture. Garés sur une petite route de campagne. Le garçon plus âgé incapable de les regarder, conscient de ce qu'ils avaient fait. Il avait escaladé une clôture et s'était engagé dans un pâturage et allongé dans l'herbe humide. L'orage s'était éloigné et avait laissé un long ciel sombre et un millier d'étoiles. Et dans la nuit vide l'enfant avait continué d'entendre la femme pleurer. Parfois en gémissant et parfois avec de violents sanglots quand elle avait cogné du poing sur la voiture et l'homme avait dit je veux plus t'entendre avant de la gifler du revers de la main, et elle s'était battue avec lui jusqu'à ce qu'il la plaque contre la vitre, et alors il lui avait parlé calmement. T'as intérêt à arrêter ou je te tue.

L'homme l'avait finalement fait taire en promettant tout ce qu'il avait déjà promis. Le petit garçon sera plus en sécurité ailleurs et on se tirera d'ici et on gagnera le Tennessee. Je t'ai dit que je connais des gens là-bas. On aura un endroit où loger et alors on pourra penser à la suite. Elle savait qu'il mentait mais l'avait tout de même cru dans l'espoir de laisser son sentiment de culpabilité derrière elle. Puis elle s'était réveillée dans la Cadillac le lendemain et ils étaient repartis.

L'homme ne pensait plus entendre parler de cette histoire et maintenant ils étaient là. Pas même sortis du Mississippi. Mais ils l'avaient fait. Un souci de moins. Et il aurait voulu en faire de même. Se déposer à la porte de quelqu'un pour qu'on le trouve. Qu'on s'occupe de lui. Qu'on le nourrisse. Qu'on lui donne un endroit où dormir. Mais il était trop mauvais et trop laid et tout ce qu'il voulait c'était rendre ses coups au monde. Faire rouler cette foutue bagnole et les laisser ici et c'est ce que j'aurais dû faire depuis le début. J'aurais dû porter moi-même le gamin au magasin de l'Armée du Salut. J'aurais jamais dû la laisser m'accompagner même si elle m'a supplié de le faire. D'être la dernière à le toucher. J'aurais dû y aller seul et continuer de rouler et les laisser se débrouiller.

La femme se réveilla et descendit de la banquette arrière. Elle le rejoignit et tira une cigarette du paquet posé sur le coffre. Un gamin à vélo approcha sur le trottoir. Un chien à la langue pendante le suivait. L'homme jeta sa cigarette et demanda au gamin s'il y avait quoi que ce soit d'ouvert le soir dans ce patelin pourri et le gamin continua de pédaler en silence. Le garçon avait passé la journée à errer en ville et il avait trouvé un Caddie. Il débarqua dans le parking accompagné d'un bruit de ferraille, le Caddie rempli de cannettes en aluminium, d'une demi-miche de pain, d'une poignée de livres de poche. L'homme bondit du coffre. Attrapa le pain et désigna les livres de la tête.

« T'as appris à lire ? demanda-t-il au garçon.

– Fous-lui la paix », dit la femme.

L'homme tira un morceau de pain du sac et se l'enfonça dans la bouche, et quand la femme tendit la main vers le sac il le mit hors de sa portée. Elle souleva alors le paquet de cigarettes et marmonna tu peux leur dire au revoir, et il se ravisa et lui passa le pain. Elle prit une tranche pour elle et en donna une au garçon. Il avait une drôle d'odeur mais ils se tenaient là en triangle, en train de manger, quand la voiture de patrouille avec l'étoile sur le côté approcha dans la rue. Les phares tels deux yeux brillants dans le bleu-gris entre chien et loup.

3

La voiture de patrouille s'engagea sur le parking. S'immobilisa à côté de la Cadillac cabossée. Le moteur et les phares s'éteignirent et Myer descendit. Il ôta son chapeau et se mit à marcher vers eux en le tenant à deux mains par le bord. Pantalon enfoncé dans ses bottes. Une légère claudication. Des lignes profondes autour des yeux sur son visage tanné par le soleil.

« Vous traînez de la patte, observa l'homme.

– C'est gentil de votre part de le remarquer. »

Myer attendit qu'il ajoute quelque chose mais l'homme s'enfonça un nouveau morceau de pain dans la bouche et tous trois continuèrent de mâcher sans se soucier du shérif ni de sa voiture ni de quoi que ce soit au monde. Finalement Myer déclara on dirait que vous avez un problème. Ça fait un bout de temps que vous êtes ici. Je peux vous faire remorquer jusqu'au garage. L'homme termina le pain et secoua la tête.

« Tout va bien, dit-il.

– Non, tout va pas bien, objecta la femme.

– Tais-toi.

– C'est toi qui vas te taire.

– Vous allez où ? » demanda Myer.

Il commença à marcher autour d'eux, fit le tour de la Cadillac en l'examinant. Regarda à l'intérieur.

« Tennessee, répondit la femme.

– Oui. Tennessee, confirma l'homme.

– Quelle partie ? »

L'homme se gratta la nuque.

Myer acheva son tour du véhicule et se posta à côté d'eux. Il observa la femme puis le garçon.

« T'as quel âge, fiston ? demanda-t-il.

– Quinze ans. Seize.

– Tu sais pas ?

– Si, il sait », dit la femme. Elle s'approcha du garçon et lui posa la main sur l'épaule. « Il vous taquine juste. C'est tout.

– On n'a rien fait, dit l'homme, ses paroles aussi rapides que si elles avaient été aiguillonnées par un objet pointu.

– J'ai pas dit que vous aviez fait quoi que ce soit.

– Bien.

– Mais vous êtes en panne sur une propriété du gouvernement.

– Dites-le à la voiture.

– Bon Dieu, c'est à vous que je le dis », répliqua Myer. Il posa son chapeau sur le coffre et plaça les mains sur les hanches. « Je suis venu voir si on pouvait vous aider à repartir mais mon aide semble pas vous intéresser, alors je vais essayer autre chose. C'est vous qu'êtes allés au drugstore de Jimmy Guy aujourd'hui et qu'avez touché sa petite-fille ?

– Connais pas.

– Vous connaissez pas quoi ?

– Ce Jimmy Guy. »

Le shérif souffla. Lâcha un petit rire.

« Arrête, dit la femme, et elle donna un léger coup dans l'épaule de l'homme.

– J'arrête rien. On n'a rien fait. »

Le shérif s'approcha de lui. Il le dépassait d'une tête. Une vingtaine d'années de plus mais visiblement en parfaite santé comparé à l'homme maigre et usé.

« OK. Je demande plus rien. Je vais juste vous dire. Vous êtes allé dans ce drugstore. Vous avez posé la main sur cette fille et vous l'avez menacée.

– C'est pas vrai.

– Vous avez dit que vous reviendriez pour elle.

– C'est un foutu mensonge.

– Je vous dis ce qu'on m'a dit et je vois aucune raison de pas le croire.

– Je l'ai pas touchée. Je lui ai pas fait de promesses. Vous pouvez leur demander à eux deux.

– Je ne demande plus rien. À partir de maintenant j'affirme. »

Une boule de salive emplit la bouche de l'homme et il la garda en lui. Il aurait voulu la cracher à la face du shérif. Mais il la garda en lui. Ravala. Il acquiesça et dit oui monsieur, conscient que c'était le meilleur moyen de se débarrasser de lui.

Myer se détendit. Il souleva son chapeau et tapota le coffre avec son index et ordonna ouvrez-moi ça.

« C'est juste nos affaires, dit la femme.

– Ouvrez-le. »

L'homme ôta les clés du contact. Fit le tour jusqu'au coffre et l'ouvrit. Celui-ci renfermait un tas de vêtements roulés en boule et de couvertures. Des ustensiles de cuisine. Des bidons d'eau. Des bouteilles et des cannettes vides. Une hachette et des bouts de corde et des conserves de haricots blancs et de maïs. Myer farfouilla parmi les vêtements et déplaça quelques objets puis il referma le coffre. S'essuya les mains sur sa chemise.

« Bon, dit-il. On reprend. Est-ce que vous avez besoin d'aide avec cette voiture ?

– On n'a pas besoin d'aide, répondit l'homme.

– Si, on en a besoin, dit la femme. Mais à moins que vous ayez un mécanicien qui la réparera par bonté de cœur on sera probablement obligés de la laisser ici.

– Vous ne pouvez pas la laisser ici. Je vous l'ai déjà dit », répondit le shérif. Il se frotta ensuite le menton. Leva les yeux vers le ciel du soir et regarda de nouveau la femme. Regarda le garçon qui était en train d'attraper la dernière tranche de pain du sac. « Laissez-moi voir ce que je pourrai faire demain matin. Peut-être qu'on trouvera une solution. On trouvera un moyen de vous faire poursuivre votre chemin.

– Oui monsieur, répéta l'homme.

– Vous avez un endroit où dormir ? »

La femme désigna la Cadillac.

« Très bien, dit le shérif. Je reviendrai demain matin. »

Il leur adressa un geste de la tête et remit son chapeau. Regagna la voiture de patrouille et grimpa dedans. Ses phares les illuminant tandis qu'il quittait le parking en marche arrière, leurs yeux étincelant dans la lumière tels les yeux d'animaux cachés observant depuis l'obscurité des bois.

4

Dès que la femme et le garçon furent endormis sur la banquette arrière, l'homme ouvrit précautionneusement la portière et se glissa dehors, la laissant ouverte de façon à ne pas les réveiller. Il arpenta les trottoirs et les petites rues. Il traversa des jardins et regarda à l'intérieur des voitures garées dans les allées. Il se faufilait dans les ombres, cherchant une réponse. Puis il abandonna. Je vais les laisser ici, pensa-t-il. Et il quitta la ville. Aucune idée de la direction dans laquelle il allait et rien que de la menue monnaie dans sa poche et la ville qui rapetissait derrière lui. Il lui manquait une rangée de dents à l'avant et il faisait continuellement claquer sa lèvre supérieure avec sa lèvre inférieure, un rythme de succion qui tapait sur les nerfs de la femme, le son tel un constant rappel pour elle de cette vie qu'ils menaient, mais tandis qu'il marchait il écoutait ce claquement comme si c'était un signe qu'il était vivant. Une effigie solitaire avançant dans le clair de lune. Il marcha et s'interrogea puis il s'imagina tombant dans un grand trou noir sans fond, tombant bras et jambes écartés sans crainte de ce qui se trouvait en dessous. Il se retourna et regarda les quelques lumières faibles de la ville puis il continua de marcher jusqu'à atteindre la vallée.

L'éclat de la lune produisait une lumière pâle sur la terre couverte de kudzu. Les profondeurs d'un vert riche et les ondulations des arbres et des collines depuis longtemps conquis par des vignes intemporelles. L'homme regarda à travers la grande étendue de vert, captivé par l'amplitude du kudzu. Par la multitude de feuilles en forme de cœur qui semblaient lui adresser des signes tandis que la nuit balayait la vallée. Il se tenait sur la route et le kudzu arrivait jusqu'au bord. À un pas du bitume bosselé. Il s'agenouilla et saisit l'extrémité d'une vigne entre ses doigts, et elle était aussi épaisse qu'un crayon et âpre et rugueuse. Il toucha ensuite une feuille. Lisse et douce. Il l'arracha de la vigne et la tint à plat dans sa paume et la caressa avec le bout de ses doigts râpeux comme s'il tentait de l'apaiser pour qu'elle s'endorme.

Il porta la feuille tout en continuant de marcher, la route décrivant une longue courbe qui s'enroulait autour de la vallée. Les vignes pendaient de bosquets tels des rideaux donnant sur les coulisses, et l'homme y pénétra. Se tenant là parmi les arbres. S'enfonçant plus profondément. La voûte de kudzu au-dessus de lui bloquait l'éclat de la lune et dans l'obscurité il entendit des choses et s'en imagina d'autres, et il regagna la route précipitamment. Sa respiration plus rapide. Son cœur plus rapide. Les coins de sa bouche se soulevèrent et esquissèrent un sourire. Il ne voulait plus partir. Il ne voulait plus s'éloigner dans la nuit. Il arracha d'autres feuilles aux vignes et les serra dans ses mains tandis qu'il retournait à la hâte vers la ville, le ciel à l'est commençant à virer du noir au bleu. Il ne cessait de regarder par-dessus son épaule tout en marchant comme pour s'assurer que la vallée n'était pas un rêve, et juste après les premières lueurs il regagna la voiture. Il passa la main par la vitre ouverte à l'arrière et secoua la femme par l'épaule puis il fit de même avec le garçon. Ils étaient affalés l'un contre l'autre et il la poussa jusqu'à ce qu'elle ouvre les yeux et il dit levez-vous. Tous les deux. Levez-vous et poussez. Je nous ai trouvé un endroit.

5

Myer se tenait mains sur les hanches sur l'emplacement vide du parking où s'était trouvée la voiture. Il tenta de croire qu'il se les était imaginés. L'homme, la femme et le garçon et leur vieille Cadillac. Sa proposition d'aide, leur refus. Peut-être que la satanée bagnole roulait. Peut-être qu'ils l'avaient démarrée et avaient foutu le camp. Ce ne serait pas la première fois que ceux-là mentiraient à quelqu'un. Peut-être qu'ils se rendaient dans le Tennessee comme l'avait affirmé l'homme. Myer donna un coup de pied dans un caillou puis baissa les yeux vers son ombre dans le soleil du matin. Ses épaules voûtées pour adoucir la douleur logée dans son dos, sa grande charpente s'étant tassée au fil des années et le faisant souffrir. Tu dois sortir de cette voiture et marcher un peu de temps en temps, lui disait sa femme. Tu dois faire tes étirements comme l'a dit le médecin. Tu dois te redresser et être l'homme grand et fier que Dieu a fait.

Et toi tu dois te taire, répliquait-il. J'ai vieilli et je peux marcher et m'étirer tant que je veux, ça n'y changera rien. Vieux et fainéant, c'est pas pareil, lui rétorquait-elle. Même si c'est ce que tu voudrais.

Il fixa son ombre et se redressa. Ramena ses épaules en arrière. Leva les bras au-dessus de sa tête et s'étira. Puis il se courba au niveau de la taille et laissa ses bras pendre vers le sol. Ça le soulagea, et quand il se redressa il garda les épaules hautes. Fit une fois le tour de la voiture de patrouille et vit les cercles humides laissés sur le sol par les écoulements et les fuites de la Cadillac, et il sut qu'ils avaient quitté ce parking mais qu'ils n'étaient pas partis.

Il grimpa dans son véhicule et fit le tour du centre-ville. Regardant dans les allées et derrière les devantures puis arpentant les quartiers alentour. D'un côté de la voie ferrée il y avait des maisons à charpente de bois avec leur peinture écaillée et leurs porches affaissés. Des tricycles sur les pelouses et des fougères en pot sur les marches et des magnolias qui poussaient dans tous les sens comme s'ils tentaient de maintenir les maisons debout. De l'autre côté des rails les rues étaient bordées de petites maisons. Des structures de briques et de mortier obstinées et à l'air mauvais. Il salua de la main les vieilles femmes en robe d'intérieur qui étaient assises sur des balancelles et buvaient du café. Il salua de la main les mères et leurs enfants qui jouaient sur les pelouses. Il salua de la main les hommes qui grimpaient dans leur camionnette, la boîte contenant leur déjeuner à la main. Mais il ne vit aucune Cadillac cabossée et aucune des personnes cabossées qui étaient arrivées dedans, et lorsqu'il rebroussa chemin et se gara devant le café du centre-ville, il ne savait même pas ce qu'il aurait fait s'il les avait trouvés.

6

Trois kilomètres séparaient la vallée de la ville et chaque jour la femme et le garçon poussaient le Caddie sur la chaussée défoncée. Parfois la femme se mettait à pleurer et alors elle s'arrêtait. Se mordait le bras comme pour rediriger la douleur. Le garçon l'attendait. Pas un mot entre eux. Puis ils se remettaient simplement à marcher quand elle avait fini. Lorsqu'ils atteignaient la ville, ils poussaient le Caddie sur les trottoirs plus lisses puis s'arrêtaient dans une allée, où ils buvaient dans leurs mains à un robinet. Se lavaient les bras et le visage et le cou. S'asseyaient dos au mur de briques à l'ombre de l'allée et espéraient que la chance leur sourirait dans les poubelles derrière le café et le marché. Espéraient qu'il y avait eu une clientèle assoiffée la veille dans le bar aux murs de parpaings et qu'ils pourraient échanger toutes les bouteilles et les cannettes vides contre de la menue monnaie. Frappaient à la porte située à l'arrière du café pour avoir du pain de la veille ou des légumes ramollis. Mais surtout ils espéraient pouvoir déambuler et faire ce qu'ils avaient à faire sans que des voix cinglantes leur ordonnent de s'en aller.

L'homme mangeait chaque fois qu'ils rapportaient de la nourriture. Il s'adressait à la femme en marmonnant et la tripotait. Il ignorait le garçon. Il se rendait en ville le soir. Il dormait. La femme et le garçon et lui étaient depuis si longtemps détachés et en errance qu'il en était venu à les considérer tous les trois comme une sorte d'espèce différente. Des créatures fabriquées par eux-mêmes. Ce n'était pas beaucoup mieux que l'existence d'un chien, mais ça avait commencé à devenir autre chose pendant les nuits étoilées au cours desquelles il longeait la route en direction de leur campement. Après avoir erré en ville, parlant au reflet de sa silhouette frêle dans les devantures des magasins et observant les gens dans le bar à travers la porte en verre et attendant que la femme rousse sorte avec les bouteilles et les cannettes. Après avoir fumé les mégots de cigarettes abandonnées et après avoir pissé soir après soir dans les mêmes arbustes devant l'église baptiste, il quittait de nouveau la ville. Les journées qui rallongeaient et la chaleur qui perdurait pendant la nuit et parfois il chantait des bribes de chansons dont il se souvenait et parfois jurait après une voiture qui passait, mais ces derniers temps il avait commencé à se taire et à écouter tandis qu'il avançait dans l'obscurité. Le crissement des cigales et les hurlements et les cris stridents qui s'élevaient tout autour.

Il ne savait pas quand il avait commencé à entendre la voix, seulement que ça avait commencé. Elle n'était pas là, puis elle y était. Et il s'arrêtait et observait les étoiles et la lune ronde et brillante et l'écoutait. Pendant ces nuits vides il marchait bouche fermée et quand le vent se levait il ouvrait ses paumes pour sentir la pression de l'air et parfois il s'arrêtait et s'agenouillait comme si son esprit s'était déplacé et qu'il n'y avait plus le monde devant lui mais juste le monde au-delà de la chair et des os, et il retournait au campement les nuits où la voix était le plus licencieuse et glissait les mains autour de la gorge de la femme tandis qu'elle grognait et se balançait dans son sommeil, ses mains sales autour de sa gorge sale et il sentait les pulsations dans son cou et sentait la vie de la femme traverser la sienne et le cœur de cette existence minable qu'ils s'étaient créée, et il serrait jusqu'à ce qu'elle repousse ses mains comme si c'étaient les créatures funestes de ses rêves en train de ramper sur son cou. Il s'asseyait alors. Regardait ses mains, noires et floues dans l'obscurité. Il les plaçait autour de sa propre gorge et murmurait c'est ça que tu veux dire ? C'est ça que tu veux dire ? Et il attendait que la voix réponde tandis qu'il serrait sa propre gorge jusqu'à manquer d'air, puis il lâchait et tombait par la portière ouverte de la voiture. Le visage contre le sol et une unique vigne s'étirant à travers leur campement rudimentaire, une vigne vers laquelle il tendait la main et qu'il tenait entre ses doigts crasseux comme si c'était une bouée vers le salut.

Après quoi il rampait vers le garçon qui dormait sur un tas de couvertures. Cette chose qui vivait et respirait et avait le même front oblique et les mêmes yeux creusés que lui. Cette chose qui était à la fois comme une partie de lui et comme une intrusion et il s'imaginait qu'il se regardait, et s'il avait pu revenir en arrière et se débarrasser de cette vie il aurait saisi l'opportunité avec ses mains prêtes à tuer. L'homme craquait une allumette, le geste rapide puis la minuscule lumière sur le garçon, sa bouche ouverte et sa peau brunie par le soleil et la voix murmurait. Attrape-le et sors-le de là et l'homme tendait l'index et le glissait dans la bouche du garçon qui était ouverte dans son sommeil, il sentait son souffle chaud et le rythme de sa respiration et il laissait tomber l'allumette pour pouvoir lui immobiliser la tête de son autre main afin de lui arracher son âme, mais chaque fois qu'il lâchait l'allumette il perdait courage et s'éloignait vivement du garçon.

Il n'arrivait plus à dormir et explorait la nuit, regagnant la route et marchant autour de la vallée, observant les lumières des maisons sur les collines et s'en approchant un peu plus chaque nuit. Les maisons telles des îles éloignées les unes des autres et séparées par les vagues de kudzu. Il s'accroupissait sur la route et contemplait les maisons endormies, imaginant les corps chauds entre les draps et les gens qui baisaient ou s'engueulaient au petit matin. Il pénétrait dans leurs jardins et s'appuyait contre leurs arbres. Regardait par leurs fenêtres. Reniflait leurs draps sur la corde à linge. S'asseyait dans des rocking-chairs sous leurs porches. Déplaçait les pots de fleurs d'un côté du jardin à l'autre. Ouvrait les portières de leurs voitures et cachait leurs vélos derrière des arbres. Faisant juste le nécessaire pour qu'ils sachent que quelqu'un était passé par là.

7

Le pick-up tourna dans Main Street et cahota sur la chaussée de briques, les briques instables et inégales comme des rangées de dents. Le plateau était rempli d'un tas informe de bouts de métal et de tiges en aluminium et de barres d'armature et de boîtes à outils, des cordes fermement tendues autour de l'amas telle une toile irrégulière et les gens tournaient la tête au son du fracas métallique et Colburn acquiesçait en réponse à leur curiosité. Au bout de Main Street se dressait une bâtisse datant d'avant la guerre de Sécession et une pancarte sur la pelouse disait « MAIRIE ». Colburn gara la camionnette. Coupa le moteur et fuma une nouvelle cigarette. Il se demanda une fois de plus si c'était vraiment ce qu'il voulait faire.

Colburn se définit comme un sculpteur industriel lorsqu'il tenta d'expliquer son métier à la femme de la mairie. Il lui montra l'article du *Jackson Daily News* qui disait que Red Bluff cédait les boutiques abandonnées du centre-ville à des artistes et des musiciens et des écrivains, pour qu'ils s'en servent comme ateliers ou espaces de travail. Les seules obligations étant qu'il fallait résider en ville et entretenir les bâtiments. Comme elle ne lui prenait pas l'article des mains, il l'agita sous son nez, cherchant à prouver la raison de sa présence, mais elle se contenta de hausser les épaules et de dire tout cela est vrai. Si vous affirmez être artiste alors je suppose que vous l'êtes. Elle l'accompagna jusqu'au bâtiment sans plus de questions, serrant fermement les lèvres comme si elle savait qu'elle était en train de faire une mauvaise affaire. Elle déverrouilla la porte et désigna de la main l'espace vide puis lui fit signer un papier et lui donna les clés.

« C'est tout ? demanda-t-il.

– Je suppose, dit-elle. Nous n'avons pas de précédent. Vous êtes le seul à avoir pris la peine de venir. »

Il passa les premiers jours à arpenter la campagne dans son pick-up, cherchant des machines oubliées ou des voitures recouvertes de vigne dans des endroits isolés. Il s'engageait dans des allées tandis que des têtes l'observaient des fenêtres, puis frappait à des portes et réclamait des enjoliveurs abandonnés contre des arbres ou des voitures rouillées posées sur des parpaings avec des fleurs sauvages qui jaillissaient de capots ouverts. Des hommes tannés par le soleil lui lançaient des regards indifférents tandis que des enfants pieds nus le regardaient cachés derrière des arbres ou examinaient ce qu'il avait déjà accumulé sur le plateau de son véhicule. Les hommes secouaient la tête et disaient j'ai besoin de ceci ou j'ai besoin de cela quand il désignait des portières de camionnette rattachées à aucune camionnette ou des radiateurs enveloppés de fleurs blanches ou des bateaux au fond rouillé qui étaient depuis longtemps incapables de flotter. La cause de Colburn était favorisée quand les épouses portant des tabliers autour de la taille venaient se tenir à la porte avec les mains sur les hanches et tapaient parfois du pied. Se raclaient parfois la gorge. C'était alors que les hommes acquiesçaient et disaient d'accord. Vous pouvez le prendre mais je le regretterai un jour. Les diverses pièces et parties étaient toujours plus que simplement du métal et du fer. Plus que des surfaces couvertes de rouille et de crasse. Pour les hommes c'étaient des souvenirs de jours meilleurs ou les suggestions d'un avenir possible dont ils étaient désormais certains qu'il n'arriverait pas. Il emportait leur passé et leurs espoirs, ficelés à l'arrière de la camionnette.

Colburn travaillait dans la large pièce à l'avant et dormait sur un lit de camp dans une pièce plus petite dotée d'une porte qui donnait sur une allée. Il avait un lavabo et des toilettes et ses vêtements étaient entassés dans des paniers à linge. Il déjeunait au café une rue plus loin mais celui-ci n'étant pas ouvert le soir la poubelle dans l'allée était pleine des emballages en plastique de la nourriture qu'il s'achetait à la station-service.

L'avant de son bâtiment était constitué d'une grande vitrine et il aimait travailler à la lumière honnête du jour et il aimait que les passants s'arrêtent avec des sacs de provisions dans les bras ou des cigarettes au coin de la bouche ou tenant leurs enfants et le regardent à travers la vitre. Les étincelles dans un orage de rouge et d'orange tandis qu'il découpait des tuyaux en fonte ou lissait les bords irréguliers de plaques de métal. La fumée bleue qui l'entourait comme une cape et il s'arrêtait pour les regarder derrière son gigantesque masque de soudeur rectangulaire, ce créateur de feu et de fumée qui était trempé de sueur et étrange, et il agitait une main gantée mais ils ne lui rendaient pas son geste bienveillant et le prenaient à la place comme le signe qu'ils devaient se retourner et s'en aller.

Celia ne s'en alla pas quand il la remarqua. Debout seule par une fin d'après-midi avec un vent du sud qui poussait ses boucles rousses en travers de son visage. Une main posée sur sa hanche et l'autre touchant la vitre du bout des doigts. Un grand rouleau tordu de barres d'armature faisant office de pièce centrale de sa nouvelle création et des bandes de barbelés découpées pendouillant de tuyaux d'acier qui jaillissaient du haut des barres telles des excroissances métalliques. La puanteur de la fumée et Colburn torse nu et trempé de sueur et il posa son chalumeau sur le côté. Ôta son masque de soudeur. Souleva son tee-shirt et s'essuya le visage et frotta ses cheveux longs qui étaient plaqués sur sa tête. Il s'écarta de la sculpture et attrapa un paquet de cigarettes sur un tabouret. Il fuma et considéra l'évolution de sa création et songea que ça pouvait être une sorte d'arbre dans un monde sans arbres ou peut-être une de ces choses dont les enfants imaginaient qu'elles se cachaient dans les placards.

Il s'assit sur le tabouret et regarda en direction de la devanture. Les cheveux de Celia devant ses yeux et un jean déchiré aux genoux et pieds nus. Il la salua de la main et elle ôta la sienne de la vitrine. Laissa l'autre sur sa hanche et fit plusieurs pas sur le trottoir tout en levant l'index et en lui faisant signe de la suivre.

Et il le fit. Il enfila son tee-shirt à la hâte et sortit du bâtiment à la hâte et elle était un demi-bloc plus loin, s'arrêtant à chaque angle pour s'assurer qu'il voyait la direction qu'elle prenait. Il la suivit à travers les rues du centre-ville et remarqua qu'une de ses poches arrière était arrachée et que la plante de ses pieds était marron et elle s'arrêta lorsqu'elle arriva au bar. Un long bâtiment trapu en parpaings qui aurait pu être pris par erreur pour une tentative malheureuse d'abri antiaérien s'il n'y avait eu la demi-lune et la constellation d'étoiles peintes sur le côté. Elle franchit la porte à l'avant, regardant une dernière fois pardessus son épaule pour voir s'il était toujours là. Quand Colburn entra ses yeux mirent quelques secondes à s'accoutumer à la pénombre et lorsqu'il y vit clair il la trouva derrière le comptoir, assise sur l'un des réfrigérateurs avec les genoux relevés qui ressortaient à travers les déchirures de son jean. Une bouteille de bière pour elle et une autre pour lui déjà sur le comptoir. Un Zippo argenté posé sur un paquet de cigarettes placé entre les bouteilles. Approche, dit-elle.

8

Il traversa la pièce et s'assit sur un tabouret. Il souleva la bière et but. Une musique nasillarde passait sur le juke-box et deux vieux assis à l'autre bout du bar observaient Colburn tête baissée.

« Tu sais ce que t'es ? » demanda la serveuse.

Ses longs cheveux roux ondulés semblables à des pieds de vigne.

Il secoua la tête.

« L'animal étrange au zoo. »

Colburn but de nouveau. Regarda autour de lui. La lumière enfumée. Les bouteilles d'alcool sur les étagères derrière le comptoir. Un plafond taché par les cigarettes. Une horloge au mur qui retardait d'une heure.

« T'as perdu ta langue ? demanda l'un des vieux.

– On m'a pas posé de question.

– Bah maintenant on t'en pose une.

– C'est quoi la question ? dit Colburn.

– Qu'est-ce que tu fabriques là-bas avec toute cette fumée et ces étincelles ? »

Il se frotta la nuque. Souleva son tee-shirt humide et essuya son visage humide. Puis il se leva et tira deux dollars froissés de sa poche et les posa sur le comptoir.

« C'est pour quoi ? demanda Celia.

– La bière.

– C'est moi qui offre.

– C'est ton bar ?

– Absolument. »

Celia décroisa les jambes et bondit du réfrigérateur. Elle souleva les billets froissés et les aplatit sur le comptoir et passa la main dessus pour les lisser.

« Je t'ai vu rouler dans la vallée. Tu passes devant ma maison.

– C'est laquelle ?

– Tu voudrais bien le savoir, hein ? »

Il attendit qu'elle rie mais elle ne le fit pas. Et les deux vieux non plus. Elle souleva le Zippo et l'ouvrit et le referma et elle sembla attendre qu'il dise quelque chose mais il ne savait pas quoi.

« Alors, fit-elle. Qu'est-ce que tu fais de ces trucs quand tu as fini ?

– J'essaie de les vendre. Principalement à La Nouvelle-Orléans ou à Memphis quand j'en ai suffisamment.

– Les gens achètent ces merdes ?

– De temps en temps.

– Et s'ils le font pas ?

– Je me trouve un boulot de soudeur quelque part pour quelques mois.

– Je déconne quand j'appelle ça des merdes. »

Il haussa les épaules. But de nouveau.

« Pourquoi ici ? demanda-t-elle.

– Comment ça ?

– Cette ville ? Tu peux allumer un chalumeau partout.

– C'est gratuit, déclara l'un des vieux.

– C'est pas ça, dit Celia. Ça fait des mois que c'est gratuit et on a attiré qu'une personne.

– J'ai déjà habité ici », expliqua Colburn.

Il attrapa une cigarette et se la coinça dans la bouche comme pour s'empêcher d'en dire plus.

« Vraiment ? »

Il tendit la main. Elle lui passa le Zippo et il l'ouvrit et alluma la cigarette.

« C'est quoi ton nom ?

– Tu me connais pas.

– Je parie qu'un de nous ici présent te connaît ou connaît ta mère ou ton père.

– Non, dit Colburn. Vous me connaissez pas. C'était il y a longtemps.

– Tout était il y a longtemps, déclara l'un des vieux.

– Ou c'est juste l'impression que ça donne », surenchérit l'autre.

Colburn souleva une dernière fois la bière et la vida d'un trait. Il reposa la bouteille vide sur le bar.

« J'ai vécu ici toute ma vie, dit Celia. On doit avoir le même âge, à peu de chose près. Alors ?

– Dis-moi d'abord le tien.

– Celia.

– Colburn », dit-il.

Elle marqua une pause. Regarda le long du bar en direction des deux vieux.

« Colburn quoi ? demanda-t-elle.

– Colburn Evans. »

Elle saisit les billets et les plia. Les poussa en travers du bar. Il les ramassa et les enfonça dans sa poche et attendit de voir si elle réagirait. Mais elle se contenta de le regarder derrière les boucles qui tombaient devant ses yeux. Il reposa le Zippo et dit merci puis sortit du bar, une vague de lumière balayant le sol en béton tandis que la porte s'ouvrait et se refermait.

« Ce garçon va avoir des surprises, déclara l'un des deux vieux. S'il croit que personne sait de qui il est.

– Ouais », répondit l'autre.

Celia souleva le Zippo. Le frotta entre ses doigts. Touchant l'endroit qu'il avait touché. Puis elle le reposa sur le comptoir et ses yeux se tournèrent vers la porte.

9

Celia fit sortir les deux vieux et verrouilla la porte du bar et laissa un mot collé dessus qui disait je reviens tout de suite. Elle grimpa dans sa voiture et quitta la ville et roula sur le ruban de bitume mal retapé qui serpentait au milieu des collines. Dans la lumière douce de l'après-midi elle avait passé la main par la vitre et la soulevait et la baissait en fonction des battements du vent. Elle sortit d'un virage et atteignit l'endroit où le kudzu commençait à prendre le dessus et elle ralentit tandis qu'elle longeait la vallée et atteignait une petite clairière où sa maison se trouvait, à l'écart de la route. Une douzaine de pacaniers soigneusement alignés devant la bâtisse. Autour de la propriété le kudzu avait été coupé et donnait l'impression que la maison, les arbres et le terrain reposaient sur un épais coussin vert.

Elle s'engagea dans l'allée de gravier qui séparait les rangées de pacaniers. Elle se gara et sortit et monta sur le porche. Il y avait deux chaises en osier. Des bouteilles de vin vides avec des bougies plantées dans le goulot. Un cendrier débordant de mégots et une pile de magazines étalés sur la petite table entre les chaises.

Le contour d'une main en néon emplissait la fenêtre de devant. À l'intérieur de la main étaient inscrits les mots

« Cabinet de voyance ». Quand la main était allumée elle brillait d'une lumière bleue et les lettres étaient jaunes et promettaient du réconfort aux âmes errantes disposées à payer. Mais elle n'avait pas brillé depuis que sa mère l'avait éteinte vingt ans plus tôt.

Celia traversa le porche et entra. Le large couloir et les hauts plafonds. Planchers en pente. Grandes fenêtres et épaisses moulures de couronnement. Ventilateurs de plafond qui tournaient lentement. Elle marcha à travers la maison telle une étrangère. Ses doigts touchant le large montant des portes tandis qu'elle allait de pièce en pièce. Ses yeux scrutant les recoins. Derrière les portes. Cherchant les fantômes dont elle avait toujours pensé qu'ils étaient là. Enfant elle ne voulait pas jouer à cache-cache car elle supposait que les endroits étroits et obscurs étaient habités. Ne voulait pas dormir avec la porte du placard ouverte. Ne voulait pas croire sa mère quand elle lui disait que les sons de la nuit n'étaient que le vent balayant la vallée ou les hurlements d'animaux solitaires. Elle avait vécu dans cette maison toute sa vie et connaissait les cinquante-sept grincements du sol et le cliquetis de chaque fenêtre. Elle savait quelles ombres tombaient à quelle heure de la journée et elle savait comment se sortir des cauchemars, mais des voix du passé lui parlaient à cet instant et elle s'attendait presque à ce que leurs silhouettes spectrales soient là à l'attendre.

Elle traversa la cuisine et sortit par la porte de derrière. Elle descendit les marches et traversa le jardin qui tombait en pente vers le kudzu et elle imagina que sa mère était là. Debout à l'orée. Ses pieds pris dans les vignes. Fixant la vallée. Et Celia se rappela les fois où en rentrant à la maison elle avait trouvé sa mère plus loin, plongée jusqu'à la taille dans l'enchevêtrement de vignes.

L'avait aidée à en sortir et l'avait ramenée à la maison en lui répétant encore et encore. Maman, tu ne dois pas aller là-bas. Je ne veux pas que tu sortes seule. Mais sa mère ne comprenait plus et lui répondait avec un hochement de tête et une expression placide. Puis disait j'ai besoin de lui parler. J'ai besoin de parler à cet homme.

Quel homme ? demandait Celia. Mais elle savait quel homme. L'homme qui avait frappé à leur porte au milieu de la nuit, Dieu savait combien d'années plus tôt, à l'époque où la mère de Celia laissait la main allumée et ouvrait sa porte à ceux qui cherchaient des réponses. À l'époque où sa mère était en bonne santé et heureuse. L'homme avait frappé à la porte et elle l'avait fait entrer dans la pièce à l'avant de la maison où elle prédisait l'avenir. Une table en bois ronde au centre de la pièce et une longue table contre le mur, couverte de bougies qui brillaient comme une chorale de flammes. Un bâton d'encens en train de brûler et une lampe solitaire dotée d'une ampoule rouge dans un coin de la pièce. Et il avait été le dernier à qui elle avait prédit l'avenir et pour la dernière fois la main bleue avait brillé dans l'obscurité car quelques jours après qu'il s'était pendu sa mère n'avait plus voulu continuer.

Celia se libéra de l'image de sa mère, elle retourna à l'intérieur et se rendit dans le cabinet de voyance. Les tables toujours là. La lampe solitaire toujours là. Dans le coin de la pièce Celia s'agenouilla à côté d'une malle en bois et l'ouvrit. À l'intérieur se trouvaient les cahiers dans lesquels sa mère avait consigné le nom de ses visiteurs et les dates auxquelles ils étaient venus et ce dont ils avaient parlé et ce qu'elle pensait qu'ils avaient besoin d'entendre, des cahiers dont sa mère avait arraché les pages des derniers mois de sa vie car elle se maudissait. Arrachant les pages puis y revenant et les déchirant de nouveau comme si une seule fureur ne suffisait pas. Puis prenant de nouvelles notes et les balançant avec les autres, et après avoir couché sa mère le soir Celia allait regarder dans la malle pour voir ce qu'elle avait écrit et trouvait des fragments de phrases et parfois simplement des mots.

Avant qu'il parte.

Dernier coucher du soleil.

Menteur.

Homme dans l'obscurité.

Des bouts de papier avec des mots que seule sa mère pouvait comprendre, puis quand celle-ci avait été trop faible pour quitter son lit Celia s'asseyait avec elle et tenait un cahier pendant que sa mère griffonnait et raturait avec un crayon. Décharge-toi, lui disait Celia. Décharge-toi. Souhaitant qu'elle meure avec l'esprit en paix.

Celia referma la malle. Elle renifla. Puis elle avança à quatre pattes jusqu'au mur et s'y adossa. Elle posa les mains sur ses cuisses. Dehors les oiseaux dans les pacaniers chantaient des chansons d'amour de l'après-midi mais celles-ci furent interrompues par le bruit du moteur diesel d'un pick-up qui contournait la vallée en ahanant. Le grondement du moteur se rapprocha et Celia traversa la pièce et regarda par la fenêtre, à travers les doigts de la main. Elle vit alors Colburn passer devant la maison et elle le suivit des yeux jusqu'à ce qu'il disparaisse dans un virage et que tout redevienne silencieux.

Elle se leva. Recula et regarda la main. Puis elle la brancha. Une chaînette argentée pendait sur le côté et elle la saisit entre ses doigts et tira dessus. Un cliquetis retentit. Un bourdonnement électrique. Finalement il y eut une lueur tremblotante et de petits crépitements et la main se mit à briller, le contour bleu des doigts et de la paume. Ses joues se soulevèrent, dessinant inconsciemment un sourire tandis que les lettres prenaient vie. Du moins certaines d'entre elles. Quand la lumière fut complètement allumée, elle sortit et se tint sur le porche. La main avait attiré le père de Colburn. Elle se demanda si elle l'attirerait lui aussi.

10

La nuit Colburn arpentait les quartiers autour du centre-ville. Tentant de découvrir quelle maison c'était, mais elles se ressemblaient toutes. Voulant à la fois la voir et ne pas la voir. Chaque maison et chaque atelier dans chaque ville où sa mère et lui avaient vécu après Red Bluff, une existence d'errance d'un petit patelin à un autre durant son adolescence tandis qu'elle cherchait un endroit où oublier. Tout ça s'était fondu en un décor générique pour le suicide. Mais la maison était là. Quelque part. Et il arpentait la nuit, les yeux et les oreilles à l'affût. Comme si les hurlements de sa mère allaient reprendre et transpercer l'obscurité et le mener à sa maison hantée.

11

Myer avait reçu appel après appel. Demandez à ces gens de laisser mes poubelles tranquilles. Chassez-les de ma rue. Chassez-les de ma devanture.

Il vint se poster à côté de la femme et du garçon tandis que ceux-ci quittaient la ville et se dirigeaient vers la vallée. Ralentissant la voiture de patrouille et leur parlant à travers la vitre baissée. Demandant s'ils voulaient qu'il les dépose. Mais la femme dit non et le garçon ne dit rien. Il se remit à rouler, chercha leur cachette et la trouva. La Cadillac camouflée à l'écart de la route, parmi les arbres et enveloppée par les vignes. Il se gara et sortit. La femme et le garçon quatre cents mètres derrière. Il pénétra dans leur campement et l'homme était allongé sur le dos sur le capot. Profondément endormi.

« Hé », dit Myer.

L'homme ne bougea pas. Myer tapa sur le capot et l'homme leva la tête.

« Asseyez-vous et parlons une minute », dit-il.

L'homme s'essuya la bouche. Se redressa et se laissa glisser du capot. Étira ses bras au-dessus de sa tête.

« Je croyais que vous alliez faire réparer cette bagnole et poursuivre votre route vers le Tennessee, dit Myer.

– Je croyais qu'on vous avait dit qu'on n'avait pas l'argent pour la réparer.

– Je suis revenu le lendemain matin. Je m'étais arrangé avec Henry Junior au garage pour qu'il y jette un coup d'œil. Peut-être qu'il vous aurait donné un coup de main en échange d'un peu de travail pour le rembourser. »

L'homme fit claquer ses gencives.

« D'où vous avez dit que vous venez ?

– On l'a pas dit.

– Alors, d'où vous venez ? »

L'homme se tapa sur l'avant-bras comme s'il avait été piqué. Puis il enfonça la main dans sa poche et en tira une cigarette à moitié fumée. Il se la cala dans la bouche et croisa les bras.

« Vous m'avez entendu ?

– Si vous pouviez noter sur un papier ce que vous voulez que je dise, ça irait plus vite. »

Le bruit de ferraille du Caddie était de plus en plus proche. Myer fit le tour du campement, regardant les vêtements et les bidons d'eau et les détritus éparpillés.

« D'où vous venez, et je vous le redemanderai pas.

– Quelque part vers Tunica.

– Où ça, quelque part ?

– J'en sais rien. Y a tellement de petits endroits de merde là-bas qu'on sait jamais comment ils s'appellent.

– Vous ne pouvez pas rester ici, déclara Myer.

– Qu'est-ce que ça peut vous faire ? »

Le bruit de ferraille cessa. Le garçon et la femme arrivèrent dans le campement. La femme portait un sac marron dont le fond était taché de graisse et le garçon avait ôté son tee-shirt sur le chemin du retour et l'avait drapé sur son épaule. Ses côtes et ses clavicules saillaient sous sa peau.

« Qu'est-ce qu'il a fait ? demanda la femme.

– C'est un petit malin, dit Myer.

– Je le sais. Qu'est-ce qu'on a fait ?

– Rien.

– On vole rien.

– Si vous l'avez fait, je suis pas au courant.

– On cherche du travail.

– Je voulais juste savoir où vous étiez, déclara Myer. Venez me chercher quand vous serez prêts à faire réparer cette voiture. Je lui ai dit que je l'aiderais. »

Il jeta un dernier regard à l'homme puis quitta le campement et ouvrit la portière de sa voiture de patrouille. Il scruta la route en direction de la ville. Elle semblait appartenir à un autre monde.

L'un des jumeaux poussait le vélo et l'autre balançait une hachette tandis qu'ils marchaient le long de la route de la vallée. Myer ralentit et s'approcha d'eux par derrière puis il alluma la sirène et le hurlement soudain les fit sursauter. Le vélo et la hachette heurtèrent le sol tandis que de petits cris jaillissaient de leurs bouches identiques.

« Bordel ! » hurla l'un d'eux.

Myer rit en rejetant la tête en arrière, il rit tellement que ça lui fit mal au dos et que son rire se transforma en grimace. Il bougea sur le siège et trouva une position confortable puis il baissa la vitre et s'arrêta à côté des garçons. Ils ramassèrent le vélo et la hachette et fusillèrent Myer du regard tels de petits forcenés. Les mêmes cheveux blonds et la même coupe de traviole faite maison. Ils portaient tous deux des maillots de sport. L'un avait le numéro 12 et l'autre le numéro 32.

« C'est pas drôle, dit l'un d'eux.

– Votre mère sait que vous avez cette hachette ? demanda Myer.

– Elle sait.

– Comment elle se porte ?

– Bien, je suppose.

– Elle a encore mal à la tête, dit l'autre.

– Décidez-vous, dit Myer. Elle va bien ou elle a mal à la tête ? »

Ils se regardèrent et haussèrent les épaules.

« Où vous allez ?

– Construire un fort quelque part là-dedans, répondit l'un.

– Les scouts reprennent quand ? demanda l'autre.

– Je ne sais pas, dit Myer. J'avais que vous deux et un autre la dernière fois. Mais peut-être qu'on peut trouver quelque chose à faire. Monter une tente près de mon étang et pêcher ou faire un feu. Vous en dites quoi ?

– Ce serait bien.

– Demandez à votre mère. »

Ils acquiescèrent.

« Allez pas par là, conseilla Myer.

– Pourquoi ?

– Quelqu'un a déjà construit un fort. Allez dans cette direction-ci. »

Une corde était enroulée sur le plancher de la voiture de patrouille et Myer la souleva et la tendit par la vitre aux jumeaux.

« C'est pour quoi faire ?

– Vous en aurez peut-être besoin. Plus que moi. Comme j'ai dit, allez dans cette direction.

– OK. »

Myer enclencha la marche avant et s'éloigna, les regardant dans le rétroviseur tandis qu'ils traversaient la route et se tenaient au bord de la vallée. Leurs silhouettes rétrécissant au loin. Et il se demanda s'il aurait dû en dire plus aux jumeaux sur l'homme et la femme et le garçon.

12

La grotte et le tunnel avaient été creusés par des esclaves en préparation d'une guerre qui approchait. Un endroit pour se cacher avec leurs enfants tandis qu'ils écoutaient les canons et les fusils et les hurlements des hommes. La vallée pas encore capturée par le kudzu mais pleine de fleurs sauvages et de bosquets d'érables et de pins. Un sentier pour les chariots serpentait à flanc de colline entre les cabanes dotées de cheminées et le soir le soleil se couchait au bord des crevasses de la vallée dans l'éclat rouge sang du passage du jour à la nuit. Les coyotes se tenaient sur les crêtes en quête de proies et au petit matin les chants des travailleuses s'élevaient dans la brume humide comme les ballades d'âmes perdues et nébuleuses. Le tunnel courait profondément sous la colline telle une épaisse veine noire et il avait été creusé à la lueur de la torche, des mains calleuses enfonçant des pelles et des bêches et poussant des brouettes, travaillant chaque heure de la nuit après avoir travaillé chaque heure du jour.

Avec le temps l'ouverture de la grotte avait été recouverte comme tout le reste. Le kudzu méthodique. Se répandant sur la terre avec une patience folle et ça avait pris un siècle, mais les collines ondoyantes étaient désormais envahies. Sur le flanc de l'une d'elles une vieille maison avec une cheminée se dressait sous sa couverture verte. Les vignes pendaient des promontoires comme des cordes. De petits fourrés d'arbres avaient été conquis des décennies plus tôt, les vignes atteignant les points les plus élevés et s'étirant jusqu'aux branches les plus éloignées, s'entrelaçant et formant des voûtes affaissées. Des arbres estropiés et des amas de broussailles dessinaient des monticules et des bosses à travers la vallée et sous cette vaste toile de vert se trouvait la sombre forêt où les créatures rampaient et où le soleil filtrait péniblement par les minuscules espaces entre les feuilles. Un cours d'eau chétif s'écoulait de travers sur la pente d'une colline, un ruisselet d'eau fraîche qui surgissait entre la roche et l'argile et sinuait tel un serpent argenté dans l'obscurité. Et quand le vent balayait la vallée les feuilles formaient une ondulation sur le lac émeraude et certains affirmaient entendre une chanson ou un appel ou un cri au gré du vent qui se levait et retombait.

L'ouverture, un simple trou dans le sol, était masquée par une épaisse couverture de vignes et de branches basses. Et l'homme tomba dedans. Son pied rencontra le vide et alors son corps suivit, les vignes et les branches qui couvraient l'entrée le retenant un moment avant que son poids l'entraîne dans l'obscurité. Il atterrit doucement, les feuilles tombées formant un coussin, et quand il se releva il fut surpris de découvrir qu'en tendant la main il pouvait toucher le bord de l'ouverture.

Il arracha les vignes et les branches et laissa entrer autant de lumière qu'il put dans la grotte. Il y avait autour de lui un espace assez large pour qu'il écarte les bras et tourne sur lui-même sans rien toucher. Les parois étaient constituées d'une terre riche et sombre et ornées d'éclats de roche et de racines irrégulières et il enfonça les doigts dans la terre. La frotta entre ses doigts.

Puis il se retourna dans la lumière faible et vit la bouche noire d'un tunnel.

Il s'approcha et fit un pas prudent à l'intérieur. L'air soudain frais et un vent léger. Il tendit les mains devant lui et s'enfonça plus avant dans la galerie. Ses pas prudents et sa tête effleurant le plafond du tunnel et de la terre lui tombant dans les cheveux et les oreilles. Il baissa la tête et avança de plus en plus loin et la lumière diminua et des profondeurs lui parvint un gémissement bas et continu. Il s'arrêta et regarda par-dessus son épaule, tendit la main comme pour attraper un peu de lumière et l'emporter avec lui et il s'imagina qu'on lui agrippait les mains et qu'on traînait son corps sur le sol. Il se retourna vers l'obscurité et écouta le gémissement. Plongea les yeux dans le noir et avança précautionneusement, recroquevillé sur lui-même comme s'il se préparait à une surprise. Il trébucha et mit un genou à terre mais il se releva rapidement et quelque chose frôla son épaule tandis qu'il se redressait. Il battit des bras, les jointures de ses doigts effleurèrent la terre et la roche des parois du tunnel et il poussa un petit cri qui produisit un écho puis disparut comme s'il était tombé dans un puits.

Il se releva et se tint immobile, pris entre curiosité et peur. L'air était froid sur sa peau et il se frotta les bras puis appela. Pas avec des mots mais en imitant le gémissement qui l'appelait. Sa bouche ouverte et sa voix chancelante tandis qu'il gémissait dans l'obscurité et cherchait à percevoir une réponse, et tandis qu'il attendait il eut la sensation que quelqu'un ou quelque chose se tenait juste devant lui. Le vent frais venait maintenant par petites rafales, comme un souffle sur son visage. Et il s'imagina le souffle franchissant une gueule écumante et de longs crocs et il s'imagina des yeux rouges et des oreilles pointues et des bras tendus attendant de l'envelopper et de l'entraîner dans les profondeurs de ce monde noir et il fit un pas en arrière et sentit la chose bouger avec lui.

Et il remarqua alors que le gémissement avait cessé et qu'il ne restait qu'un silence grave. Il transpirait à présent et tendit la main vers la paroi du tunnel pour pouvoir battre en retraite. Un pas prudent après l'autre. Ses doigts touchant la paroi il trébucha une fois mais se rattrapa et continua de reculer jusqu'à retrouver la lumière terne qui lui offrit ce qu'il attendait. L'opportunité de se retourner et de s'enfuir en courant.

13

Le garçon commença à se réveiller plus tôt et à se débrouiller seul. Laissant le Caddie derrière lui. Se redressant sur son lit de terre et tendant le cou avant de se lever. Étirant ses bras au-dessus de sa tête et cherchant autour de lui quelque chose à boire puis balayant la poussière et les feuilles mortes sur ses jambes et son torse. L'homme toujours sur le ventre avec la tête enfouie dans le pli de son bras comme s'il se protégeait d'un tir d'obus et la femme sur la banquette arrière avec les genoux relevés et sa bouche ouverte figée dans un hurlement silencieux.

Quand il atteignait la ville il s'asseyait sur un banc devant la quincaillerie et il observait. Les hommes arrivaient dans leurs camionnettes de travail et en descendaient avec des gobelets en polystyrène et des cigarettes. Certains restaient assis dans la cabine de leur véhicule et attendaient, la tête contre l'appuie-tête et les yeux fermés pour un dernier instant de repos avant de poser des bardeaux ou d'ériger des murs ou de creuser des tranchées pour des tuyaux d'évacuation. Bientôt le soleil commençait à se lever et la brume se dissipait puis apparaissaient les premières ombres du jour. Sur Main Street des voitures arrivaient et se glissaient sur des places de parking et les propriétaires de boutique ouvraient leur devanture puis revenaient pour balayer le trottoir et se saluer d'un geste de la tête. Le garçon marchait vers eux et leur demandait s'ils avaient besoin d'aide. S'il pouvait passer le balai ou sortir les poubelles ou faire quoi que ce soit qui pourrait lui rapporter un ou deux dollars mais ils disaient c'est bon j'ai besoin de rien aujourd'hui, le regardant parfois quand ils répondaient et parfois pas, puis ils retournaient à l'intérieur et le laissaient planté là avec les mains enfoncées dans ses poches vides.

La chance lui sourit lorsqu'il commença à demander aux hommes dans les camionnettes s'ils avaient besoin d'une main supplémentaire. Qu'est-ce que tu peux faire ? l'interrogeaient-ils. N'importe quoi, répondait-il. Tu as quel âge ? Quand il haussait les épaules le patron supposait qu'il était assez grand. Et alors l'homme et son équipe le scrutaient de la tête aux pieds. Cette chose farouche aux yeux aussi enfoncés qu'un vieil homme abîmé et qui pourtant possédait toujours le don de la jeunesse. Et il grimpait sur les plateaux des camionnettes et se faisait emmener, l'air chaud le fouettant et les larmes montant à ses yeux ouverts et l'eau qui s'étirait depuis le coin de ses yeux comme une chose propre et fraîche, et il n'essuyait pas ses larmes mais les laissait couler jusqu'à ce qu'elles disparaissent dans ses cheveux et il voulait toujours que le chantier soit le plus loin possible.

Mais la camionnette ralentissait finalement puis s'engageait dans une allée de gravier où se dressaient le squelette d'une maison et des monticules de terre inégaux. Il descendait de la camionnette avec les autres puis ceux-ci attachaient leur ceinture d'outils et il tentait de faire ce qu'on attendait de lui. Mais il avait du mal à comprendre comment bien utiliser le marteau ou la pelle et il avait honte de demander quand il était confus ou n'y arrivait pas et c'était toujours facile pour le patron de secouer la tête ou de lancer un commentaire ironique qui faisait rire les autres et quand la journée était terminée et qu'ils retournaient en ville c'était tout aussi facile de lui dire je n'aurai pas besoin de toi demain ni après-demain et le garçon acquiesçait comme s'il comprenait ce qu'il avait mal fait et ensuite il ne s'éloignait qu'après que leurs regards ne lui avaient pas laissé d'autre choix.

Les jours où il travaillait il regagnait le campement en fin d'après-midi et il devait écouter la femme le réprimander sous prétexte qu'il n'avait pas été là pour l'aider à pousser le Caddie et il devait écouter l'homme lui demander combien on l'avait payé. Quand il disait j'ai mal travaillé il devait écouter l'homme lui énoncer toutes les raisons pour lesquelles il ne valait rien puis le garçon les laissait tandis qu'ils s'en prenaient finalement l'un à l'autre dans des accès de faim et de frustration. Descendant dans la vallée. Pensant au trajet à l'arrière de la camionnette et touchant le côté de son visage où les larmes avaient coulé de ses yeux.

14

« J'y retourne », lui dit la femme.

Elle était penchée contre le capot de la Cadillac. Les bras croisés d'un air résolu. Elle et l'homme étaient seuls.

« Tu retournes où ? demanda l'homme.

– Le chercher. »

Il était assis sur un pot de peinture retourné et il se leva.

« Pas question.

– Si.

– Ça donnera rien de bon.

– Je m'en fous.

– Comment tu comptes y retourner ?

– Je vais demander au shérif de réparer cette voiture. Il a dit qu'il le ferait.

– Il dit des conneries.

– Alors je vais lui dire ce que j'ai fait et il me ramènera.

– Merde. Il passera un coup de fil pour savoir si tu mens ou non et après il t'enverra en prison.

– J'en ai plus rien à foutre. J'arrête pas d'y penser. Je retourne le chercher et je vois pas d'autre moyen de le faire.

– Il s'agit pas que de toi. Tu le sais. Si ça tourne mal il s'agira de nous trois.

– J'ai dit que je m'en fous. »

Il s'avança et se planta à côté d'elle. Le soleil de midi filtrait péniblement à travers les espaces entre les vignes et les arbres, des points de lumière mouchetant le sol autour d'eux comme les taches sur un léopard. Tout autour de la voiture il y avait des tas de détritus qu'ils gardaient pour allumer des feux. Des cageots de lait remplis du bric-à-brac que le garçon trouvait en ville et rapportait au campement. Des cannettes de bière vides et des mégots de cigarette et des couvertures sales. La femme décroisa les bras et désigna de la main leur campement et déclara on est pires que des putains d'animaux et j'en ai ma claque.

« Pense à ça une seconde, dit-il.

– À quoi ?

– Aux mots que t'as prononcés. On est pires que des putains d'animaux. Tu crois qu'ils vont rendre ce gamin à quelqu'un comme toi ? Tu l'as abandonné une fois et t'as nulle part où l'emmener. Tu crois qu'il va se passer quoi ? »

Elle recroisa les bras. Se mordit le côté de la bouche.

« Va pas voir le shérif », dit-il.

Elle renifla.

« J'ai dit va pas voir le shérif.

– Je suis pas sourde.

– T'as fait ce qu'il fallait. On a fait ce qu'il fallait. Ça fait longtemps qu'on aurait dû faire pareil avec l'autre.

– Ferme-la, répliqua-t-elle. Ferme ta gueule. »

Il s'écarta d'elle. Fit le tour de la Cadillac. Tira sur le cintre qui maintenait le pare-chocs au-dessus du sol. Puis il scruta l'arrière de la tête de la femme et sut qu'il reviendrait et découvrirait qu'elle était partie. Peut-être pas aujourd'hui ni demain, mais un jour.

« Je pense pas ce que j'ai dit. Mais tu dois te calmer. »

Elle ne répondit pas. Elle se frotta les bras et pensa aux rêves qui la réveillaient la nuit, des rêves d'une gigantesque fosse qui vivait et respirait et lui aspirait les pieds, lui agrippant d'abord les chevilles puis les genoux et l'entraînant de plus en plus profond tandis qu'elle plantait les doigts dans la terre et s'accrochait pour rester au-dessus du sol. Elle se demandait si le petit garçon qu'ils avaient abandonné partagerait un jour ces rêves.

« Je sais pas quoi faire, dit-elle. Ça s'en va pas.

– Ça partira. Si tu laisses faire.

– C'est ce que j'essaie de te dire. Je veux pas laisser faire. Je veux aller le chercher. »

Elle s'écarta de la voiture. Glissa son pied à travers le sol poussiéreux et poussa une cannette vide.

« Faut que tu te changes les idées, dit-il. Allons quelque part.

– Je vais pas en ville. Ça aussi j'en ai ma claque.

– J'ai quelque chose de mieux.

– Quoi ?

– Quelque chose de mieux, c'est tout. Je vais te montrer. »

15

« Je rentre pas là-dedans », dit la femme.

L'homme et elle se tenaient côte à côte, baissant les yeux vers l'ouverture de la grotte.

« C'est un tunnel.

– Je sais. Tu me l'as déjà dit.

– Je crois qu'il y a peut-être un trésor quelque part à l'intérieur.

– Je m'en fous. Je rentre pas là-dedans.

– Sois pas trouillarde.

– Je suis pas trouillarde. Je suis juste pas idiote.

– Qu'est-ce qui est idiot ?

– Tu me demandes ce qu'il y a d'idiot à aller dans un trou dont tu sais rien et à marcher dans le noir sans savoir où tu vas ?

– Je connais bien. J'ai dû le faire cinquante fois.

– Alors tu peux le faire une cinquante et unième comme les fois précédentes.

– C'est-à-dire ?

– Tout seul.

– Allez.

– Non. »

Il n'arrêtait pas de demander et elle n'arrêtait pas de refuser et les pieds de la femme demeuraient immobiles. Les mains posées sur les hanches. La tête penchée et le regard plongé dans l'ouverture.

« C'est pour ça que j'ai apporté cette lumière », dit l'homme.

Il leva la lampe à pétrole. Le garçon l'avait rapportée de la ville dans le Caddie. Le verre était fêlé et la mèche n'était plus qu'un moignon noir. Un centimètre de pétrole remuait dans le réservoir.

« Allez », répéta-t-il.

Elle leva les yeux vers lui. Il passait sa langue sur l'espace vide à l'endroit où s'étaient trouvées ses incisives et se tenait à moitié accroupi comme s'il était prêt à sauter.

« Joue pas au con avec moi, dit-elle.

– Promis.

– Faut que tu m'aides à descendre.

– J'y compte bien.

– S'il y avait un trésor tu l'aurais trouvé.

– Peut-être.

– Tu ferais mieux de pas jouer au con avec moi.

– J'ai dit promis.

– Tu dis un paquet de conneries.

– Ça pourrait te plaire. Je parie que t'es jamais allée dans un truc pareil.

– Tu te comportes comme si t'avais pas été à mes côtés quasiment chaque jour de ma vie.

– Pas chaque minute de chaque jour. »

Elle regarda de nouveau dans l'ouverture.

« Tu descends en premier et t'éclaires ce truc, dit-elle. Je rentre pas là-dedans tant que c'est tout noir.

– Tiens, dit-il, et il lui tendit la lanterne. Tiens ça pendant que je descends. »

Il agrippa les vignes et se glissa dans l'ouverture. Puis il tendit la main et elle lui passa la lanterne.

« Fais comme moi », dit-il.

Elle agrippa les vignes. S'accroupit puis s'assit au bord de l'ouverture avec les jambes pendantes. Il enroula les bras autour de ses jambes et elle laissa glisser son poids du bord et il l'aida à descendre.

« Comment on est censés ressortir ? demanda-t-elle.

– De la même manière », répondit-il.

Il tira une boîte d'allumettes de sa poche. Ôta le verre fêlé et craqua une allumette qu'il approcha de la mèche. Celle-ci s'embrasa lentement puis vira au bleu et produisit une flamme jaune. Il replaça le verre et dit on ferait bien de se dépêcher. Elle va pas brûler longtemps.

« Je vais pas loin de toute façon.

– Tu pourrais changer d'avis.

– Non.

– Bon. Viens. »

Ils s'engagèrent dans le tunnel. La lanterne produisait une lueur dorée et leurs ombres étaient démesurées sur les parois du tunnel. L'homme devant et la femme derrière, ses doigts enroulés autour des passants du pantalon de l'homme.

« Tu vois, dit-il. C'est rien que de l'obscurité.

– C'est pas l'impression que ça donne. On dirait qu'il y a autre chose là-dedans.

– Comme quoi ?

– Comme j'en sais rien. Quelque chose de méchant.

– Tu veux dire un animal ?

– Non. Pire.

– Qu'est-ce qui est pire que ce qui te dévore ?

– Arrête. Je t'ai dit de pas jouer au con.

– C'est toi qui l'as dit.

– Arrête, dit-elle, et elle tira sur le passant de ceinture.

– T'imagines des trucs parce qu'il fait noir.

– Je veux pas aller plus loin. »

Mais il ne s'arrêta pas. Il continua de marcher et elle continua de suivre. Il tendait le bras et tenait la lanterne devant lui. Indiquant quand éviter une racine ou quand un pas était délicat. Ils avançaient à une allure régulière et elle ne lâchait pas le passant de son pantalon et ne cessait de lui demander de s'arrêter, regardant par-dessus son épaule en direction de l'ouverture qui avait à présent disparu. Arrête, disait-elle. Mais il continuait d'avancer et elle n'était pas assez courageuse pour rebrousser chemin et se retrouver seule. La lumière de la lanterne diminuait à mesure que la flamme consumait la mèche et elle tira sur le passant de ceinture et lui donna une claque sur l'arrière de la tête et dit sors-moi d'ici tout de suite. Il se retourna et lui lança bordel. Me tape pas comme ça.

« Écoute ! » dit-elle.

Un ordre succinct et elle contracta les épaules comme si elle se préparait à se baisser et à se cacher.

« Quoi ?

– Écoute. » Le gémissement était là. Bas et continu. « Je vais pas plus loin », répéta-t-elle.

Elle lui donna une nouvelle claque sur l'épaule.

Mais il ne répondit pas et ignora la claque. Il tint la lanterne sur le côté et plongea son regard dans les ténèbres.

« Viens, dit-il.

– J'y vais pas », répondit-elle d'une voix maintenant tremblante – en partie de colère et en partie de panique.

Elle tira sur le passant de ceinture et dit s'il te plaît.

Il regardait droit devant lui.

« On peut sortir par là.
– Arrête de jouer.
– Encore un peu.
– Arrête », répéta-t-elle.

Elle pleurait à présent.

Il se remit à marcher et elle avança avec lui. Pas d'autre choix. La lumière n'était plus qu'un point jaune. Leurs ombres avaient disparu et le gémissement était comme une chanson monotone venue de l'enfer. Ils y étaient presque.

La fosse était maintenant juste devant eux. Elle ôta les doigts du passant de ceinture et songea à se retourner et à s'enfuir mais la tristesse s'empara d'elle à l'idée que sa vie ne changerait jamais. Il s'agenouilla et posa la lanterne par terre tandis que le dernier bout de mèche se consumait, produisant une ultime flamme qui leur permit de s'entrapercevoir brièvement. Les yeux de l'homme étaient animés et voraces et ceux de la femme pleins de larmes et de certitude. Elle avait envie de crier mais il n'y avait que le noir. Le bout du monde. Ses cauchemars prenaient maintenant vie et elle tendit la main pour le pousser avant qu'il puisse l'attraper, mais il avait fait un pas de côté, et quand elle poussa et ne trouva rien son élan l'entraîna en avant et elle bascula et tomba tête la première dans la fosse. Son ultime hurlement produisant un écho perçant dans le noir.

Il se tint seul et écouta. Si elle avait heurté le fond elle n'avait pas fait de bruit. Il n'y avait eu ni impact sourd ni cris ni appels. Rien que le merci silencieux de l'obscurité qui l'enveloppait à présent. Il chercha à tâtons autour de lui et sa main trouva la lanterne et la souleva. Il se détourna de la fosse et s'attendait presque à éprouver de l'appréhension ou du regret ou un besoin de se repentir mais il ne ressentait que l'intense satisfaction d'avoir fait ce qu'il était venu faire, et alors qu'elle n'était peut-être même pas encore morte il commençait déjà à se demander comment il pourrait de nouveau éprouver la même sensation.

16

Le soir Colburn allait au bar avec les cheveux plaqués en arrière par la transpiration, s'étirant les mains après une journée passée à donner des coups de marteau et à tordre et à façonner. Il s'asseyait au bout du comptoir loin de la petite douzaine d'habitués qui venaient après le travail. Des hommes aux bottes crottées et des femmes portant toujours des badges sur lesquels étaient inscrits leurs noms. Des lycéens qui jouaient au billard.

Mais ce jour-là il était arrivé tôt et ils étaient seuls. Le soleil à travers la porte en verre teinté diffusait une lumière sombre tandis que Celia vidait les cendriers dans la poubelle et empilait des bières dans le réfrigérateur. Colburn était assis et la regardait, faisant passer sa bouteille d'une main à l'autre comme s'il était nerveux, puis il déclara je l'ai vue. Ta maison. T'étais assise sur le porche. Et cette main bleue allumée dans la fenêtre de devant. Elle posa les dernières bières dans le réfrigérateur et s'appuya contre le bar.

« Pourquoi t'es pas venu t'asseoir avec moi ?

– Je pensais que t'attendais quelqu'un qui avait besoin qu'on lui lise son avenir.

– Je fais pas ça. C'est ma mère qui le faisait, dit-elle.

– Tu connais le tour ?

– Quel tour ?

– Tu sais. Tous les petits trucs qui permettent de savoir quoi dire.

– Elle ne voyait pas ça comme ça.

– Je pensais que dans une ville de ce genre on l'aurait brûlée sur le bûcher, dit-il.

– Tu serais étonné de voir où les gens vont chercher des réponses quand ils croient que personne ne regarde.

– Tu peux faire le tour ?

– Je te l'ai déjà dit. Ce qu'elle faisait n'était pas un tour.

– Tu sais ce que je veux dire.

– Je ne connais pas les réponses à tes questions.

– C'est pas ce que je demande.

– Alors qu'est-ce que tu demandes ?

– Je sais pas.

– J'aimerais qu'elle soit là. Tu pourrais lui parler.

– Elle ne connaîtrait pas non plus les réponses à mes questions.

– Elle essaierait… », dit Celia. Comme elle l'a fait avec ton père. Elle a essayé. Elle m'a dit qu'elle avait essayé.

« … mais tu dois d'abord savoir quelles sont tes questions. »

Colburn croisa les bras.

« Comment elle est morte ?

– Elle est juste devenue vieille. Elle est tombée malade.

– Où est ton père ?

– J'en sais rien.

– Tu es déjà partie d'ici ?

– Deux ans à l'université du Mississippi.

– Qu'est-ce qui s'est passé ?

– Pour quelqu'un qui dit que dalle sur lui-même tu poses beaucoup de questions. »

Il secoua la tête. Poussa sa bière vide vers elle. Elle en posa une autre devant lui.

« Ça regarde personne. En plus ma grand-mère et mon grand-père avaient un magasin d'appâts dans ce bâtiment et ils s'apprêtaient à le fermer. Je les ai persuadés de me le laisser pour le bar.

– D'appâts ?

– Et de matériel de pêche.

– Je me demandais ce que ça sentait.

– Très drôle », dit-elle.

Elle disparut par la porte battante derrière le bar et revint avec un balai à la main. Elle se mit à nettoyer derrière le comptoir et Colburn se leva et marcha jusqu'au juke-box.

« J'ai entendu dire que tu te baladais la nuit, dit-elle.

– Qui t'a dit ça ?

– Il y a des yeux partout. Qu'est-ce que tu fais ?

– Je dors pas beaucoup.

– Tu cherches quelque chose ? »

Il se retourna et la regarda.

« Comme quoi ? » demanda-t-il.

Elle posa le balai contre le réfrigérateur. Prit un élastique autour de son poignet et tira ses cheveux en arrière et les attacha en queue-de-cheval. Elle attrapa un paquet de cigarettes sur le comptoir, en sortit une et la tint entre ses doigts tout en l'observant. Puis elle dit je ferais aussi bien de te prévenir avant que quelqu'un d'autre le fasse. Les gens savent qui tu es. Ils sont au courant pour ta famille. Et ils savent que les histoires de fantômes prennent vie parce que telle est ton histoire à Red Bluff. Il se passe rien ici, Colburn. Sauf la fois où ton père a fait ce qu'il a fait. Je veux juste que tu saches que les gens savent et je te crois quand tu dis que tu es venu ici pour le logement gratuit mais je crois aussi que tu es venu pour autre chose. Si tu veux savoir quelle maison, je te montrerai. Je veux pas t'effrayer mais c'est la vérité.

Il regagna le tabouret et s'assit et répondit y a rien dans ce monde que tu puisses faire pour m'effrayer. Et elle commença à lui dire que son père était venu une fois et une seule fois chez elle. Il s'est tenu sur le porche où tu m'as vue assise. Ton père s'est assis dans le salon de notre maison avec ma mère. En quête. Une dernière fois. Il est venu et quand nous avons appris ce qui s'était passé ma mère a débranché la main bleue et elle s'est assise par terre dos au mur. Les yeux levés vers le plafond. Et quand je lui ai demandé ce qui n'allait pas elle a répondu il m'a dit que ça allait arriver. J'étais censée inventer un bobard pour lui, histoire de le rendre heureux pendant une journée ou une semaine ou ce dont ils ont normalement besoin mais à la place c'est lui qui m'a prédit son avenir. Il m'a annoncé ce qui allait arriver.

Je peux t'effrayer, songea-t-elle.

Mais elle ne voulait pas le faire. Elle l'avait vu dans les yeux enfoncés de son visage de faucon. Elle l'avait vu dans les longs regards qu'il s'était lancés dans le miroir derrière le bar. Elle l'avait vu dans la façon qu'avaient ses pommettes de se soulever quand il voulait poser une question qui refusait de sortir. Il avait déjà eu sa dose de frayeurs, pensa-t-elle. Ne le fais pas. Pas maintenant.

La soirée avait été calme. Quelques habitués étaient passés. Et alors Celia ferma la porte et éteignit les lumières au-dessus de la table de billard mais elle laissa allumées les enseignes de bière et la pièce se retrouva baignée dans des nuances de rouge et de bleu. Colburn avait bu et fumé toute la soirée, songeant à ce qu'elle lui avait dit, puis il passa à autre chose et se demanda ce qu'elle faisait ici. Ce que n'importe qui faisait ici. Il y avait des moments dans la journée où il y avait des signes de vie, où les gens marchaient sur le trottoir et des voitures passaient dans la rue et des enfants pleuraient et des caisses enregistreuses tintaient mais il y avait dans tout ça quelque chose de faux. Comme si ce n'était pas une vraie ville mais simplement un endroit où les gens venaient quelques heures chaque jour pour faire semblant. Un décor de cinéma où il y avait de la vie pendant qu'on tournait mais une fois la scène terminée et la journée de travail achevée la ville et ses personnages étaient forcés d'attendre patiemment jusqu'à ce qu'il soit temps d'être de nouveau utilisés. Il avait observé Celia et remarqué le grand geste théâtral qu'elle faisait quand elle se retournait derrière le bar ou sa façon de sourire aux habitués ou de chanter en chœur avec le juke-box quand elle pensait que personne n'écoutait. Ses pieds nus et ses boucles rousses et elle avait en elle une vitalité qui ne semblait pas coller avec cet endroit.

Lorsqu'elle eut fermé la porte elle vint s'asseoir sur le tabouret à côté de celui de Colburn dans la lumière floue du néon et dit j'aime quand c'est comme ça. Juste le rougeoiement qui se détache sur l'obscurité. On se croirait dans un rêve. Comme si on pouvait ouvrir une portière de voiture et se trouver là où on veut se trouver. C'est un rêve et on est libre de partir et d'être et il m'arrive de rester assise comme ça toute la nuit. Toute seule. Mais maintenant tu peux rester avec moi. Si tu veux. J'aime quand c'est comme ça qu'il est tard et qu'il y a juste cette lumière bizarre et les vestiges de fumée contre le plafond parce que c'est étrange. C'est comme un rêve et c'est toujours mon rêve à moi, mais si tu veux tu peux rester ici cette nuit et rêver avec moi. Personne n'a jamais rêvé avec moi. Et si tu veux tu peux même me dire ce que tu fais ici. Ce que tu fais vraiment ici.

Il se leva et marcha jusqu'à la porte en verre. Plongea son regard dans l'obscurité. Des papillons de nuit tournant autour du globe d'un réverbère. Un chien errant reniflant une poubelle renversée.

« Je ne me souviens pas du tout de cet endroit, dit-il. Je ne me rappelle pas avoir vécu ici. Je ne me souviens d'aucun élève à l'école. Je ne me souviens pas de la maison. Rien. Comment des étrangers peuvent-ils en savoir plus que moi à son sujet ?

– Ils n'en savent pas plus. Ils imaginent. Ils inventent.

– Et nous sommes une histoire de fantôme.

– Je ne mentirais pas à ce propos. Je ne voulais pas te le dire mais je sais comment c'est ici. Tu l'aurais appris de quelqu'un d'autre ou alors une fois que tout le monde aurait compris qui tu es ils l'auraient gardé pour eux. Ils t'auraient regardé comme si tu étais une sorte de marginal. Cet endroit est une grosse histoire de fantôme. Des histoires sur la vallée. Des histoires sur l'homme qui s'est suicidé. On est comme ça. »

Il traversa la pièce. Se rassit à côté d'elle. Dans la lumière onirique il ressentait de l'honnêteté en elle. Une sorte de vérité inattendue. Ni l'un ni l'autre ne reparla pendant un long moment. Les seuls sons étaient les mouvements de Celia lorsqu'elle remplaçait leurs bières ou le bruissement d'un paquet de cigarettes ou le cliquètement d'un briquet. Ils s'enfoncèrent ensemble dans la nuit et dans la camaraderie d'un silence pensif puis Celia se leva du tabouret et se tint à côté de lui. Appuya sa poitrine contre son épaule. Lui prit la bière de la main et la posa sur le bar. Et alors elle glissa son bras sous le sien et dit viens. Rentre avec moi. Elle s'attendait à ce qu'il refuse mais à la place quand elle bougea, il l'imita. Elle ferma le bar à clé et monta dans sa voiture et il grimpa dans sa camionnette. Elle roula devant lui, attendant que ses phares changent de direction, mais il la suivit jusque chez elle. Sans toutefois prononcer un autre mot. Ni lorsqu'ils gravirent les marches et qu'il se tint à côté d'elle tandis qu'elle ouvrait la porte. Ni quand ils s'enlacèrent dans la pénombre du couloir, traînant ensemble des pieds jusqu'à la chambre puis ôtant leurs vêtements et tombant sur le lit. Elle lui murmura bonne nuit par la suite alors qu'ils étaient étendus dans l'obscurité mais il ne répondit pas. Et quand elle se réveilla le matin, il n'était pas à côté d'elle mais elle le trouva dans le jardin. En train de scruter la vallée.

17

Myer s'écarta de la table du dîner. Il pencha la bouteille de bourbon au-dessus du petit verre et le remplit puis il ajouta deux glaçons avant de sortir. Sa canne à pêche et son moulinet étaient appuyés contre le mur de son abri pour voiture et il les attrapa et marcha jusqu'à l'étang. Il posa le verre sur une souche à côté de lui. Se frotta le genou qui lui faisait toujours un peu mal à cette heure de la journée.

Il lança dans l'étang. Le leurre heurtant l'eau et coulant et l'ondulation se propageant en un cercle de plus en plus large. Des moucherons frappaient l'eau. Des lucioles clignotaient dans le crépuscule. De petits nuages flottaient dans le ciel bas aux dernières couleurs du jour. Par la fenêtre ouverte au-dessus de l'évier de la cuisine il entendait Hattie faire la vaisselle. Il se retourna et la regarda. Ses yeux baissés vers l'évier et ses mains occupées. Des mèches de ses cheveux grisonnants dépassant d'un chignon en désordre et retombant autour de ses yeux et de ses joues.

Il souleva son verre.

Elle lui avait dit quand il était devenu shérif de ce comté qu'il deviendrait gros et fainéant. Il n'y aura pas assez à faire. Tu n'as probablement même pas besoin d'une arme. Il avait eu quarante ans alors qu'ils emménageaient dans leur maison. Un bâtiment de briques blondes avec deux hectares et quelques arbres et un petit étang. Ça pourrait tout aussi bien être la fin pour toi, avait-elle plaisanté. Tu voulais un étang et tu en as eu un. Tu voulais une cheminée et nous en avons une. Tu voulais être shérif et maintenant tu portes l'étoile. Je ferais peut-être bien de préparer ton pot de retraite.

Il la regardait par la fenêtre et elle leva la tête et le surprit qui l'observait. Elle sourit. S'essuya les mains à un torchon. Il repensa à elle en train de se moquer de lui le jour de leur installation vingt ans plus tôt. Se revit en train de la mettre au sol, lui disant de la boucler au nom de la loi. Se rappela comment il l'avait laissée gagner la bagarre et elle l'avait plaqué sur le dos, puis comment leurs corps nus avaient cogné contre les cartons empilés autour d'eux.

Elle avait raison, pensa-t-il. Il passait la plupart de ses journées dans sa voiture. Allant voir les équipes qui travaillaient sur les ponts ou qui pavaient les routes. Traînant les animaux écrasés hors des voies. Mangeant du poulet frit au déjeuner et parfois au dîner. Peut-être que de temps en temps il devait chasser des ados d'un terrain sur lequel ils n'étaient pas censés être. Il n'avait dégainé son pistolet que cette seule fois où il était tombé sur une voiture qui avait fait une sortie de route. Les roues tournoyaient dans le fossé. Il était sorti pour voir ce qui se passait et deux cerfs avaient jailli des broussailles et détalé à travers la chaussée. Ils lui avaient fichu une trouille bleue et il avait saisi son arme comme s'il était tombé dans une embuscade avant de faire un faux pas et de déraper sur la pente glissante et de se mettre les genoux en lambeaux.

Il but une gorgée et reposa son verre. Lança sa ligne dans l'étang. La porte-écran claqua et Hattie le rejoignit. Elle portait son propre verre et la bouteille et s'assit sur la souche. Il rembobina rapidement. Lança de nouveau.

« Quoi ? » demanda-t-elle.

Il la regarda. Le crépuscule approchait. Le monde devenait vague.

« Tu manges toujours précipitamment et tu rembobines précipitamment quand tu es préoccupé. J'ai vu comment tu as mangé.

– Tu crois tout savoir. »

Elle sourit et but une gorgée.

« Peut-être que c'est le cas, dit-elle.

– Peut-être. »

Il posa le moulinet par terre et souleva son verre. Tourna en rond autour de la souche et dit tu te souviens de ma première semaine de boulot. Quand j'ai dû me rendre à cette maison. La femme était assise sur les marches et le fils était sur la balancelle. Le visage de la femme était si rouge et on aurait dit que quelque chose avait essayé de lui arracher les yeux même si elle ne pleurait pas à cet instant. Elle semblait prendre un moment de répit. Je me souviens qu'elle n'a pas dit un mot quand on s'est garés et qu'on est sortis. Elle a juste levé la main et désigné le côté de la maison comme si elle nous montrait où trouver une poubelle ou le tuyau d'arrosage. J'ai envoyé mes deux gars faire le tour jusqu'à l'atelier mais je me suis arrêté et j'ai parlé à la femme et au fils. Ils acquiesçaient ou secouaient la tête. Je crois que la femme a peut-être même prononcé une phrase entière à un moment. Mais je n'oublierai jamais que ni l'un ni l'autre ne me regardait. Même quand j'ai essayé de me pencher et de me placer dans son champ de vision elle s'est contentée de détourner la tête et les yeux. Son fils oscillait sans cesse sur la balancelle. Il était assis sur ses mains et il n'a même pas tourné la tête vers moi. Je lui ai demandé comment il s'appelait et il a refusé de le dire. Finalement c'est sa mère qui a répondu pour lui. Colburn, qu'elle a dit.

« Bien sûr que je m'en souviens, répondit Hattie. Pourquoi tu penses à ça maintenant ? »

Il cessa de faire les cent pas et regarda par-dessus l'étang et continua de lui répéter toutes ces choses qu'il lui avait déjà rabâchées à de nombreuses reprises. J'ai essayé de trouver des paroles réconfortantes mais personne ne sait quoi dire à de tels moments. Mais j'ai essayé. Puis j'ai fait le tour de la maison. Mes gars étaient dans le jardin. En train de fumer et de regarder leurs chaussures. Aucun d'entre eux n'avait jamais eu non plus à faire un truc pareil. La porte de l'atelier était ouverte et on a tous les trois regardé à l'intérieur à peu près en même temps. Je crois qu'une partie de moi s'attendait à ce qu'il soit encore en train de se débattre. Ou de se balancer. Je ne sais pas pourquoi je pensais voir du mouvement. Parce qu'il n'y en avait pas. Juste un homme au bout de sa corde. Il avait perdu une chaussure. L'arrière de sa chemise était sorti. Son col était trempé de sueur et de salive et rose à l'endroit où du sang s'y était mêlé. Des éraflures sur les jointures des doigts. Ses yeux à moitié ouverts comme s'il jetait furtivement un dernier coup d'œil.

Myer vida le bourbon dans son verre et s'en resservit un peu puis il la resservit aussi. Elle le regardait, pensant je sais déjà tout ça. Pourquoi ce soir ? Et alors il dit à cet instant j'ai fumé une cigarette. Je ne sais pas pourquoi je me souviens toujours de ça. C'était comme si je ne savais pas quoi faire d'autre alors j'ai fumé. Un de mes gars a pris des notes. Puis ils l'ont tenu par les jambes pendant que je soulevais un tabouret qui avait été renversé. J'ai attrapé un sécateur qui était accroché à un clou. Je suis monté sur le tabouret et j'ai coupé la corde et il s'est plié en deux. Ils ont commencé à le traîner à l'extérieur pour l'étendre dans le jardin mais j'ai dit non. Laissez-le ici. Ils ont pas besoin de le voir couché comme ça. Alors on l'a étendu dans l'atelier et on a fermé la porte. On a fait le pied de grue en attendant le légiste. À un moment j'ai levé les yeux et vu le fils qui se tenait à la fenêtre, en train de regarder dans le jardin. Il était aussi immobile que son père. Je lui ai fait un signe de la main mais il ne me l'a pas retourné. Je n'arrive pas non plus à oublier ça. Je ne pouvais pas imaginer que quelque chose puisse avoir l'air aussi vide que ce garçon. J'ai passé bien des nuits blanches, à penser à la mère et au fils. À me demander ce qu'ils se demandaient. À espérer qu'ils se parlaient où qu'ils soient allés, parce que le lendemain du jour où on l'a mis en terre ils étaient partis. Je me suis rendu chez eux pour prendre des nouvelles et la maison avait été vidée. Elle avait dû commencer à faire ses cartons dès qu'on avait emporté son mari. Sinon je vois pas comment ça aurait pu se faire si vite.

Hattie écoutait. Il y avait quelque chose dans la voix de son mari qui se mêlait au crépuscule et aux boissons et qui semblait rendre tout ça nouveau. Comme s'il avait détaché l'homme ce jour-là et non vingt ans plus tôt. Elle se leva de la souche et marcha jusqu'à lui. Attendit. Il se frotta le front et déclara une famille a débarqué en ville. Je crois que c'est une famille mais je ne suis pas vraiment sûr. Leur voiture est tombée en rade. Bon sang, ils sont à peu près en rade partout où ils vont. Un homme et une femme et un garçon. J'allais essayer de les aider à faire réparer leur voiture mais ils n'ont pas l'air intéressés. Et je suppose que je raconte tout ça parce que je n'ai jamais oublié ce que j'ai éprouvé quand je me tenais là avec la mère et le fils. Sachant ce qu'il y avait derrière la maison. Leurs yeux perdus dans le vide. Près de vingt foutues années et j'avais plus jamais ressenti ça jusqu'à maintenant.

Il y a quelque chose chez cet homme et cette femme et ce garçon. C'est presque comme si on les voyait au fond d'un trou mais qu'on savait qu'on ne peut rien faire pour les en sortir. Et si c'était la seule chose qui me turlupinait ce ne serait pas si terrible, mais ce n'est pas tout. On sait toi comme moi que cette ville est en train de mourir. Ça fait longtemps que ça dure et je ne m'en plains pas. Ça m'a évité de me mettre en danger, et c'est à peu près tout ce qu'on peut demander de ce boulot. Mais elle est en train de mourir, pour autant qu'elle soit pas déjà morte. Tu sais qu'on en est arrivé au point où la municipalité s'est mise à céder des propriétés dans Main Street. Je suppose qu'ils se sont dit qu'il valait mieux qu'il y ait des gens ici plutôt que personne. Il y a eu un gros article à ce sujet dans le journal de Jackson. Des boutiques gratuites pour les artistes, les musiciens et ainsi de suite. La seule obligation c'est de vivre ici. Entretenir l'endroit. Je suppose que c'est pas une si mauvaise idée mais jusqu'à maintenant une seule personne s'est présentée. Quand j'ai vu la lumière allumée dans le bâtiment l'autre soir je me suis dit que je ferais bien de découvrir qui était là alors le lendemain matin je suis allé à la mairie. J'ai demandé à voir le bail. Colburn, que ça disait. Je n'ai même pas eu besoin de lire le nom de famille. Je me suis arrêté là.

La nuit était tombée autour d'eux tandis que Myer parlait. L'étang un miroir bleu boueux reflétant le ciel au-dessus. Les oiseaux chantant avec de doux sifflements amoureux. Les lumières des fenêtres de la maison tels des yeux les observant. Hattie lui frotta le dos. C'est comme quand quelque chose bouge dans le noir, dit-il. On ne le voit pas mais on sait que c'est là. Je me demande si c'est là que nous sommes.

18

Celia s'était mise à donner à manger au garçon. Attendait devant le bar tandis qu'il poussait le Caddie.

Désormais seul, avait-elle remarqué. Plus de femme traînant derrière lui, agitant la main et lui aboyant dessus. Le premier jour elle acheta deux plateaux-repas au café. Elle mangea le sien avec la porte ouverte pour pouvoir entendre le bruit du Caddie. Lorsqu'il arriva, elle le rejoignit sur le trottoir. Une bouteille de Coca à la main. Quand elle lui dit bonjour il l'ignora et passa devant elle alors elle lui demanda s'il avait soif et lui tendit la bouteille. Il s'en empara. La tint un instant avant de la porter à ses lèvres et de boire à grandes rasades, le Coca moussant aux coins de sa bouche et coulant sur son menton. Il la vida d'un trait puis la baissa et lâcha un gros rot avant de la poser doucement dans le Caddie.

Elle lui dit d'entrer et de manger. J'ai des restes si tu veux. Mais le premier jour il n'accepta pas. Le deuxième jour cependant il regarda la porte ouverte par-dessus son épaule puis s'approcha et scruta les ombres dans le bar. Après quoi il recula et s'éloigna en poussant le Caddie. Celia lui dit que son repas serait là s'il changeait d'avis et retourna à l'intérieur et s'assit au bar. Elle compta la poignée de reçus et le cash de la veille puis entendit de nouveau le Caddie. Elle leva les yeux et il se tenait à la porte. La silhouette dégingandée d'un pantin suspendu à une ficelle. La boîte en polystyrène du café était toujours sur le comptoir et elle la poussa dans sa direction. Tentant d'appâter un animal errant. Elle ouvrit ensuite la boîte et lui montra la purée et le jus de viande et la côtelette de porc et les haricots et ça fonctionna. Il venait à présent presque chaque jour et elle voulait lui demander des choses simples. Son nom. Son âge. D'où il venait. Où est cette femme qui te suivait partout. Elle fumait une cigarette et le regardait manger mais elle ne pouvait jamais poser ses questions car il avait le nez dans son assiette et parfois il utilisait une fourchette mais la plupart du temps seulement ses doigts, et dès qu'il avait fini il bondissait du tabouret et sortait précipitamment comme si elle risquait de tout lui reprendre avant qu'il ait digéré.

19

Le garçon était agenouillé au-dessus d'un tas de brindilles et de papier journal roulé en boule. Tentant d'allumer un feu. Une conserve de saucisses de Vienne et un cintre redressé sur le sol à côté de lui. Une extrémité du pare-chocs arrière de la Cadillac tombée par terre.

L'homme arriva dans le campement.

« Elle est où ? » demanda le garçon.

L'homme fit les cent pas. Se frotta la nuque. Il semblait différent. Ses yeux plus profondément enfoncés dans leurs orbites, des points noirs entourés de veines et dénués de couleur. Ses cheveux fins et emmêlés formant des nattes infectes sur sa tête. Sa mâchoire était plus saillante que d'habitude et semblait bien décidée à avaler son visage squelettique. Sa peau rêche telle une enveloppe de cuir usé sur ses pommettes et son front. Sa langue et ce qui restait de ses dents du bas frottant contre sa lèvre supérieure comme une machine en fonctionnement permanent et il avait tellement tiraillé ses lobes d'oreilles qu'ils étaient devenus des petits rabats caoutchouteux qu'il saisissait et tirait et tordait pour tenter de modifier la manière dont les voix résonnaient dans sa tête.

« Elle est où ? répéta le garçon.

– Qui ? demanda l'homme.

– Elle est encore partie ?

– Je suis pas allé là-bas, déclara l'homme.

– Hein ? »

L'homme le regarda alors. Ses yeux s'ouvrirent en grand comme s'il avait été surpris par le garçon puis il eut un mouvement sec de la tête et il se ratatina comme s'il était sur le point d'être frappé par la main du jugement. Il secoua rapidement la tête puis se tira les cheveux. Ses lèvres bougeaient dans une conversation silencieuse avec lui-même et il quitta précipitamment le campement et regagna la route où il se mit à courir maladroitement, regardant par-dessus son épaule comme s'il était poursuivi.

Le garçon tira des allumettes de sa poche. Puis il se leva et marcha jusqu'à la Cadillac. Les vêtements et l'oreiller de la femme étaient toujours sur la banquette arrière. Il ouvrit le coffre et vit d'autres vêtements lui appartenant. Son porte-monnaie. Il referma le coffre.

Il parcourut le campement du regard. Descendit la pente où le monde disparaissait sous le kudzu. Il se frotta le bras et tenta de sentir sa présence à côté de lui. Tenta de se rappeler comment c'était quand il était petit et qu'il s'allongeait près d'elle le soir. Parfois le bras de la femme tombait en travers de son torse. Parfois elle lui racontait une histoire. Parfois il y avait un toit au-dessus de leur tête. Parfois elle lui disait que tout irait bien. Mais ça faisait longtemps que ça n'était plus arrivé et il se retrouvait avec des souvenirs aussi fulgurants que des éclairs qui lui montraient quelque chose de beau pendant un bref instant. Il l'entendait pleurer depuis qu'ils avaient abandonné le petit garçon. Au milieu de la nuit. Allant en ville puis revenant. Quand elle pensait que personne n'écoutait. Et lui aussi avait pleuré allongé sur la banquette arrière. Faisant semblant de dormir après qu'ils lui avaient dit ce qu'ils avaient fait avant de quitter le Delta, le visage enfoui dans ses bras. Fermant les yeux de toutes ses forces. Le rythme sourd du ronronnement de l'autoroute lui rappelant qu'ils s'éloignaient de plus en plus et qu'il ne reverrait jamais le petit garçon. Il avait pleuré et s'était presque étouffé en tentant de tout garder en lui. Conscient que l'homme arrêterait la voiture. Voudrait le lui faire cracher à coup de claques.

Il ne savait pas pourquoi elle n'avait pas emporté de vêtements. Il ne savait pas pourquoi elle ne l'avait pas emmené. Il regagna le tas de brindilles et craqua une allumette et mit le feu au papier. Tandis que celui-ci brûlait il souffla sur les flammes et les brindilles prirent et il entassa des feuilles et des branches et il eut bientôt un bon feu. Il s'assit par terre et embrocha les petites saucisses sur l'extrémité du cintre. Il les fit cuire une à une et mangea lentement. Quand il eut fini il s'allongea. Il regarda la lueur du feu danser sur l'enchevêtrement de vignes au-dessus et se demanda ce que l'homme lui avait fait.

20

Les bras de l'homme étaient constellés de piqûres d'insectes et le démangeaient après qu'il avait rampé à travers les épines et les broussailles et les féroces vignes de kudzu et il avait désormais un goût dans la bouche, une aigreur permanente qui le faisait constamment cracher et lui laissait la bouche sèche. Il disparaissait parfois dans le tunnel pendant plusieurs jours d'affilée. Ne sachant s'il faisait jour ou nuit à l'extérieur. Dormant et se réveillant et ne faisant par moments plus la différence entre les deux.

Il mangeait rarement. Il dormait rarement. Une créature de la vallée. Le roi de son propre royaume sous les vignes. Il était dans un état de constante exploration, se demandant s'il y avait d'autres secrets. D'autres réponses. Car c'était ce qu'il croyait avoir découvert. Sa vie jusqu'au moment où il avait commencé à entendre la voix rien qu'un grand vide de questions. Où on va trouver à manger et où on va dormir et pourquoi j'ai cette tête-là et qu'est-ce qui m'a fait venir au monde puis m'a foulé aux pieds. Des questions qui l'avaient épuisé. L'avaient vaincu et poussé à l'acceptation. J'ai jamais eu besoin de foutues dents pensait-il quand une autre dent pourrie tombait. J'ai jamais eu besoin d'un foutu endroit où dormir pensait-il quand il s'endormait adossé à un mur de briques. J'ai jamais eu besoin de personne avait-il pensé les innombrables fois où la femme lui avait dit qu'elle n'en pouvait plus de cette vie de merde et qu'il ne l'avait plus vue pendant deux jours avant qu'elle revienne. Et il y avait le garçon. Bon Dieu un garçon, pensait-il quand celui-ci pleurait et avait faim et quand il fallait faire des choix pour savoir qui mangerait quoi, et le garçon mangeait en premier puis elle puis lui. Et après le garçon avait été suffisamment grand pour marcher tout seul et alors il avait été utile. Un peu plus chaque année. La femme et lui travaillant ensemble dans la ville où ils se trouvaient, un petit à ses côtés pour s'attirer plus de compassion et de faveurs aux portes de service des restaurants et peut-être une nuit gratuite dans un motel, et ensuite le garçon arrivant à un âge où ça n'avait plus si bien fonctionné. Tous les trois errant dans ce monde et parlant une langue silencieuse faite de grognements et de coups de coude et de gestes de la main. Se cachant dans l'ombre des allées ou dans des entrepôts abandonnés ou dans les bois. Puis l'autre était né. Bon Dieu encore un. Mais il s'était débarrassé du petit et il s'était débarrassé d'elle et il savourait la certitude qu'il était libre de devenir aussi cinglé qu'il voulait. La voix lui parlait tel un compagnon l'influençant doucement. Tu es là où tu es censé être. Cette vallée nous appartient et c'est ce que je veux que tu fasses et c'est comme ça qu'il faut le faire. Une réponse après l'autre, et la paix qui vient avec la certitude qu'on a un but lui apportait du réconfort. La certitude qu'on peut affecter ce monde.

L'homme se tenait au bord de la fosse. Craquant des allumettes et les laissant tomber dans l'abîme. Écoutant le gémissement et gémissant en retour. Il avait commencé à contourner le trou pour s'aventurer plus avant dans le tunnel quand le sol changea et la terre devint glissante et commença à s'effriter. Ses pieds se dérobèrent, il tenta de se raccrocher à quelque chose et ses doigts s'enfoncèrent dans le sol et une main trouva une épaisse racine qu'il agrippa alors qu'il était sur le point de tomber.

Il se retrouva accroché là, empoignant la racine, un bras et une épaule et sa tête au-dessus du sol tandis que le reste de son corps était dans le vide. Le son rocailleux de la terre qui s'écroulait. Il grogna tout en se débattant puis il poussa un cri de panique, le son se répercutant dans l'obscurité en dessous et tout autour. Il n'était pas fort et ne tiendrait pas longtemps alors il commença à se balancer, prenant suffisamment d'élan pour passer son autre bras au-dessus du sol et agripper la racine à deux mains, moulinant avec ses jambes tandis que ses pieds cherchaient un endroit où se poser. Seulement il n'y avait que le vide et il tira et tira, ses épaules et son torse s'élevant d'abord au-dessus de la fosse puis son ventre, et il marqua une pause pour reprendre son souffle. S'apprêtant à projeter une jambe sur le sol. Il sentit alors la racine céder, un glissement bref et il se vit disparaître, mais elle tint bon. Alors il recommença, craignant de tirer trop fort, cependant il n'avait pas le choix. Il était de plus en plus faible mais résista à la douleur dans ses mains et ses épaules et se hissa, projetant une jambe et plantant un genou dans la terre puis sentant son poids s'élever de la fosse tandis qu'il s'écroulait sur le flanc et s'éloignait du trou en roulant sur lui-même.

Il resta allongé avec les mains posées à plat sur son torse qui se soulevait, sentant les battements de son cœur et tentant de croire qu'il était vivant. Craignant que la terre s'écroule à nouveau. Redoutant que des mains de démon surgissent de nouvelles profondeurs et l'enlèvent. Se méfiant du réconfort qu'il avait trouvé dans l'obscurité et soupçonnant à présent que c'était une ruse. Un leurre. Le sentiment d'appartenance uniquement censé le préparer à être dévoré. Et alors tandis qu'il était allongé là il sentit l'épuisement le gagner. Son corps ne voulait plus bouger. Son esprit ne voulait plus s'en sortir. Ses muscles se relâchèrent et il sembla s'enfoncer dans la terre. Qu'est-ce que tu veux de plus, pensa-t-il. Alors il se redressa. Il regagna l'ouverture et se servit des vignes pour se hisser à l'extérieur et retrouver la lumière du jour, et tandis qu'il essuyait la poussière et la sueur de la panique dans ses yeux, il entendit les jumeaux pour la première fois.

21

Celia se tenait dans la cuisine. Le son de la radio et le crépitement du bacon en train de frire. Des tomates vertes tranchées sur une assiette près de la gazinière. Quand le bacon fut croustillant elle le posa sur du papier absorbant puis plongea les tranches de tomate dans du lait puis dans de la farine avant de les placer dans la poêle en fonte avec la graisse chaude du bacon. La poêle produisit de la fumée et des sifflements et elle chercha à entendre Colburn. Il déambulait à travers la maison, énonçant tout ce qu'il fallait réparer. Une moulure de couronnement affaissée dans le couloir. La peinture qui s'écaillait sur le plafond du salon. Toutes tes fenêtres ont besoin d'être démontées et colmatées. Deux barreaux se détachent dans la rambarde de l'escalier. Le sol a besoin d'être mis à niveau. Toute la baraque a besoin d'être repeinte. Elle lui dit de s'y atteler quand il voudrait mais c'est à ça que ressemble une vieille maison. Du moins ma vieille maison.

Elle retourna les tomates. Attendit sa suggestion suivante. Mais il était silencieux. Elle tira les tomates de la poêle et les posa avec le bacon. Elle dissipa la fumée avec un torchon et éteignit la radio puis elle se rendit dans le couloir.

Elle le trouva dans la pièce où sa mère effectuait ses séances de divination, debout devant la malle ouverte. Un bout de papier dans chaque main.

« C'est quoi tout ça ? demanda-t-il.

– Des trucs, répondit-elle. Juste des trucs que ma mère a notés.

– C'est tout déchiré.

– Je sais. »

Elle marcha jusqu'à lui et prit les bandes de papier qu'elle jeta dans la malle avant de la refermer.

« Viens, dit-elle. Allons manger. »

Il l'ignora et s'approcha d'une étagère et passa le doigt sur le dos des ouvrages.

« Ils couvrent tout un tas de sujets », observa-t-il.

Il toucha des livres sur l'astrologie, les sciences occultes, la magie noire, les religions orientales, le vaudou, les saints.

« Elle s'intéressait à beaucoup de choses.

– À tout ce qu'ils voulaient entendre.

– Elle n'était pas comme ça.

– Alors comment elle était ?

– Elle croyait.

– En quoi ?

– En la possibilité, je crois ? Qu'il y ait d'autres choses dans le monde que nous ne pouvons pas voir ou même connaître. Des choses qui nous guident et qui nous connectent. Qui nous sauvent. »

Colburn traversa la pièce et se tint à la fenêtre.

« Et cette vallée ? dit-il.

– Quoi cette vallée ?

– Tu m'as dit que des gens disaient des choses à son sujet.

– Certaines personnes. Il est question de voix.

– Des voix ?

– Des voix ou des chansons ou un truc qui vient de la vallée. C'est principalement des gens qui vivent ici à proximité qui affirment ça.

– Est-ce que ta mère entendait des voix ? »

Oui, commença-t-elle à dire.

« Je ne sais pas. Il faudrait lui demander. Viens. J'ai faim. »

Elle lui saisit la main et l'entraîna. Hors de la pièce et dans le couloir jusqu'à la cuisine. Ils s'assirent sur des chaises à haut dossier à une table pour deux.

« Il y avait une source sous tout ça, dit-elle. Le ruisseau serpentait jusqu'en bas. Quand on était gosses on allait en dessous et on jouait à se foutre la trouille. On peut se déplacer sous les vignes si on sait ce qu'on fait. On l'a découverte à l'époque. Je te montrerai.

– Je vais pas là-dessous.

– Pourquoi ? T'as peur ?

– Je suis adulte.

– C'est pareil. »

Les taches de rousseur sur ses joues et son nez se soulevèrent lorsqu'elle sourit. Elle but une gorgée de café.

« Y a autre chose, dit-elle.

– Comme quoi ?

– Un paquet de chiens ont disparu là-dedans. Pas juste de vieux chiens errants qu'on voit un jour et pas le lendemain mais des chiens de la ville. Quelque chose les attirait par ici et ils reniflaient le bord du kudzu puis ils entraient dedans et c'était fini. Moi et quelques amis on s'asseyait sur des chaises dans le jardin avec de la bière et on regardait. Un chien arrivait en trottinant sur la route et alors il entrait directement dedans comme si quelqu'un l'appelait. Le chien entre. Le chien ne ressort jamais. Je dirais que j'ai vu ça se produire trois ou quatre fois.

– Ça, je le crois presque, dit-il.

– Peut-être qu'il y avait un tueur de chiens qui vivait dans cette maison là-dessous.

– Quelle maison ?

– Vers le bas de la vallée il y a une bosse assez large avec quelque chose qui pointe vers le ciel. C'est une maison et une cheminée. Ma grand-mère disait que parfois on pouvait encore voir de la fumée s'élever de la cheminée si on regardait dans cette direction à la bonne heure. »

Colburn secoua la tête. Coupa une tranche de tomate verte et se l'enfonça dans la bouche. Il mâcha et regarda par la fenêtre au-dessus de l'évier.

« À quelle heure on est censé regarder ? demanda-t-il.

– Vers la nuit.

– Tu veux dire au crépuscule ?

– Je suppose.

– Tout a l'air enfumé au crépuscule.

– Je te dis simplement.

– Faut que tu te tires d'ici, dit-il.

– De ma maison ?

– Pas de ta maison. De cette ville.

– Comment ça ?

– Faut juste que tu te tires. Que tu ailles ailleurs.

– Et je ferais quoi ? »

Il ne répondit pas. Elle désigna alors sa propre tête et dit je suis déjà tellement loin. Je suis dans une tente dans la savane africaine et je fais des montagnes russes au bord d'une plage et je bois du rhum chaud assise à côté d'un feu avec un monde froid et glacé autour de moi. Le fait que je sois ici ne signifie pas que je suis ici. Il sourit. Il avait presque envie de la voler. De la garder pour lui.

« Montre-moi, dit-il.

– Te montrer quoi ?

– La source. La maison dans la vallée.

– Ne te moque pas.

– Alors montre-moi.

– La végétation est dense pour l'atteindre, et la maison est tout en bas là-dedans.

– Où était la source ?

– Tu entres sous les arbres de l'autre côté de la remise.

– Viens me montrer.

– Je mange. »

Il posa sa fourchette. But son café. S'essuya la bouche avec sa serviette.

« Faut que j'y aille de toute manière.

– Où ?

– Y a que trois endroits où aller. Ici ou au bar ou chez moi. Je suis ici et le bar est fermé. »

Elle rit.

Il se leva de table puis se pencha et l'embrassa sur le côté de la tête. Rapide et maladroit et elle leva les yeux presque surprise. Il sortit par la porte de derrière et marqua une pause pour regarder la remise. Pour regarder la poignée d'arbres qui se dressait derrière et l'enchevêtrement de vignes qui les recouvrait. Puis il fit le tour de la maison et grimpa dans la camionnette. Mais avant de démarrer il enfonça la main dans sa poche et sortit la page de cahier déchirée qu'il avait prise dans la malle. Il la déplia et lut, s'assurant que ce qui était écrit disait bien ce qu'il avait cru lire quand il avait entendu Celia arriver dans le couloir et qu'il avait caché le papier à la hâte. L'écriture était bâclée et frénétique mais elle était suffisamment lisible, les mots l'interpellant depuis un moment dérangé d'une période révolue, déclenchant en lui une curiosité haletante.

Y a quelque chose là-bas.

22

Dimanche matin. Myer préleva une tasse de nourriture pour poissons du sac qui se trouvait sous l'abri à voiture puis marcha jusqu'à l'étang, la rosée sur l'herbe épaisse mouillant la pointe de ses bottes. Il jeta les graines qui s'éparpillèrent, émettant de petits claquements humides à la surface de l'eau. Il regarda les ondulations et attendit. Les plus petits arrivèrent en premier. Prudents et reconnaissants. Mais ensuite les plus grands apparurent, leur épais corps gris s'élevant du fond et repoussant les plus petits sur le côté. La bouche ouverte et leur queue frappant l'eau tandis qu'ils se tortillaient et tournaient en rond. Myer s'accroupit. Arracha un brin d'herbe. Regarda jusqu'à ce que la nourriture ait disparu et que le dernier poisson-chat se soit de nouveau enfoncé dans les profondeurs boueuses.

« Myer », appela Hattie. Elle se tenait dans l'embrasure de la porte de derrière, vêtue d'une robe dont les épaules étaient ornées de fleurs. Elle portait une cocotte recouverte de papier aluminium et avait la hanche rejetée sur le côté comme chaque fois qu'elle était agacée. « Viens. On va être en retard, dit-elle. Et ne salis pas ton pantalon. Je l'ai repassé il y a environ cinq secondes. »

Myer se releva. Baissa les yeux vers son pantalon, vers le pli marqué qui courait à l'avant de ses jambes. Après quoi il posa la tasse par terre. Tira sur sa cravate et retroussa ses manches et il reprit le chemin de l'abri à voiture où l'attendait Hattie qui s'était assise au volant de la camionnette. Il passa alors la main par la vitre ouverte de son véhicule de patrouille et sortit son chapeau et le mit. Elle démarra la camionnette et il monta. La cocotte sur la banquette entre eux.

« Qu'est-ce que tu as préparé ? demanda-t-il.

– Macaronis au fromage.

– C'est pas déjà ce que tu as préparé la dernière fois ?

– Tant que l'église voudra organiser des repas un dimanche sur deux je continuerai de préparer des macaronis au fromage. Je l'ai dit et je m'y tiens. »

Elle sortit de l'abri en marche arrière et fit demi-tour dans la cour. Quand elle s'engagea sur la route elle lui demanda pourquoi il portait son chapeau. Tu ne portes jamais ton uniforme le dimanche.

« C'est pas mon uniforme, répondit-il.

– C'en est une partie. »

Il l'ôta. Le posa sur la cocotte.

« Tu ne veux pas avoir la marque de ton chapeau à l'église, si ?

– Je crois pas que Jésus se soucie de ce à quoi ressemblent mes cheveux tant que je suis présent.

– Tu pourrais te tromper. »

Elle esquissa un sourire satisfait. Secoua la tête. Ils roulèrent en direction de la ville. Des tracteurs garés dans les champs dans la tranquillité du repos dominical.

Des vaches se tenaient dans des mares peu profondes, anticipant la chaleur de la journée. Les collines émeraude ondoyaient. Le ciel une étendue infinie de blanc bleuté. Bien qu'elle se fût plainte d'être en retard Hattie conduisait nonchalamment comme si le paysage était une nouveauté pour eux. Elle fredonnait un cantique et remuait la tête et Myer était silencieux. Son bras appuyé sur la portière et perdu dans ses réflexions. La campagne défilait et ils atteignirent la ville et furent ballottés sur la voie ferrée. Myer sortit de sa rêverie. Il pointa le doigt et dit prends la prochaine à droite.

« Pourquoi ?

– Je veux passer par là.

– C'est pas le chemin.

– Ça peut l'être. »

Elle tourna à droite à une intersection et s'engagea dans une rue bordée de maisons modestes. Certaines avec un abri à voiture sur la droite. D'autres sur la gauche. L'herbe avait besoin d'être tondue ici et là et des barbecues et des vélos décoraient les jardins. Sur les porches des chiens paresseux levaient la tête au passage de la camionnette puis la laissaient retomber. Au stop suivant Hattie lui demanda et maintenant.

Il se pencha en avant. Regarda des deux côtés. Puis il agita la tête vers l'avant et dit encore un pâté de maisons puis tourne à gauche. Elle l'observa pendant quelques secondes. Attendit qu'il ajoute quelque chose. Mais il ne le fit pas et elle continua de rouler, suivant ses indications. Au stop suivant elle tourna à gauche et il lui demanda de ralentir.

« Si je roule plus lentement ce sera comme si on était à pied, répliqua-t-elle.

– Ici, dit-il. Gare-toi ici. »

Elle s'engagea dans une petite allée. Immobilisa le véhicule. Le moteur tournait doucement au ralenti tandis qu'ils fixaient la maison vide. La verrue de la rue.

« Qu'est-ce qu'on fait ici, Myer ? »

Les mauvaises herbes et des colonies de fourmis avaient envahi le jardin. Les massifs étaient des amas de vert difformes.

Le sumac avait englouti la colonne du porche et s'étirait à travers le toit. Des chaînes rouillées pendaient du plafond du porche mais ne soutenaient aucune balancelle. Du contreplaqué avait été cloué en travers des fenêtres et de la porte d'entrée et toute la maison avait l'aspect usé et miteux d'un endroit oublié.

« Benny n'a jamais réussi à louer la maison longtemps, commença Myer, ignorant sa question. Dès que quelqu'un emménageait un voisin ou quelqu'un d'autre en ville lui racontait ce qui s'était passé dans l'atelier. Après la personne entendait des tas de petits bruits la nuit. Elle m'appelait pour le signaler. Elle disait avoir entendu quelque chose.

– Je m'en souviens », dit-elle.

Il souleva son chapeau. Le retourna entre ses mains.

« J'étais obligé de me lever. De venir jeter un coup d'œil pour lui faire plaisir mais y avait jamais rien à voir ou à entendre. La maison ne tardait pas à être de nouveau vide et Benny trouvait quelqu'un d'autre pour la louer et la même chose se produisait. Encore et encore. Il savait qu'il n'avait aucune chance de la vendre. Il m'a dit qu'il allait la laisser comme ça et attendre que le mal la quitte avant de s'en occuper de nouveau. On dirait que ça n'a pas fonctionné.

– Comment on fait pour que le mal quitte une maison ? demanda-t-elle.

– J'en sais rien.

– Qui a commencé à l'appeler la maison des fous ?

– Ça non plus j'en sais rien. Je suppose que c'était une trouvaille collective. Une excuse pour venir ici et faire des conneries. Après c'étaient les voisins qui appelaient tout le temps. Ils disaient qu'ils voyaient des gamins dans le jardin. Allant et venant dans l'atelier et s'enfermant finalement dedans avant de détaler en courant et en hurlant. Un jeu effrayant qu'ils s'étaient mis à jouer. Les ados n'ont pas tardé à être eux aussi au courant. Sauf que quand ils allaient dans l'atelier et fermaient la porte, ils sortaient des bières de sous leur tee-shirt ou leur manteau. Ils trouvaient ça très drôle de s'asseoir là-dedans et de se cacher jusqu'à ce que l'un d'eux soit suffisamment éméché pour paniquer et foutre le camp. Ça les faisait marrer d'aller là-bas en sachant qu'il y avait une poignée d'entre eux assis dans le noir, de se glisser jusqu'à l'atelier puis de taper comme des dingues sur le mur et de les écouter hurler comme des porcs et se grimper les uns sur les autres pour essayer de sortir. »

Il posa son chapeau. Tendit la main vers la poignée de la portière mais ne l'ouvrit pas. Il tourna les yeux vers le côté de la maison. S'imagina retournant là-bas. S'imagina ce qu'il trouverait. Il croisa les bras et dit la rigolade a finalement cessé quand quelques-uns ont décidé de pousser le défi jusqu'à entrer dans la maison. Ils ont fracturé la porte de derrière. Dieu sait combien de temps ça a duré parce que quand j'en ai finalement attrapé deux là-dedans à moitié à poil, le sol était jonché de vieilles cannettes de bière et de mégots de cigarettes et d'emballages de préservatifs. Benny a failli péter les plombs quand je lui ai parlé des emballages de préservatifs. Il a arpenté la maison en tapant des pieds et en fulminant à propos de la fornication et de l'œuvre du diable et il a juré que chaque péché qui s'était produit entre ces murs descendait directement de ce cinglé qui s'était pendu. Avant je louais cette maison à des familles, qu'il disait. De gentilles petites familles avec de gentils petits bébés. Maintenant c'est devenu un bordel hanté. J'ai rigolé. Je lui ai dit que c'était un peu excessif. Mais il s'était fait son avis et il ne s'est pas écoulé une semaine avant qu'il cloue du contreplaqué en travers des portes et des fenêtres. Un verrou et une chaîne sur la porte de l'atelier. Des pancartes « DÉFENSE D'ENTRER » fixées sur chaque côté de la maison. Mais je les vois plus. Peut-être que les gens les ont prises en guise de souvenir.

Hattie souleva le chapeau de son mari et la cocotte et les posa sur le tableau de bord. Puis elle se glissa sur la banquette pour se rapprocher de lui. Elle toucha du doigt le pli marqué de son pantalon.

« C'est quand la dernière fois que tu es venu ici ? » demanda-t-elle.

Il frotta son menton rasé de frais. Fit la moue tout en réfléchissant et dit je voulais m'assurer que je me souvenais bien du nom de Colburn alors j'ai sorti son dossier. J'avais raison. Mais j'ai continué de chercher, tentant de trouver autre chose à lui dire quand je serais prêt à lui parler. Autre chose que vous devez être ce garçon qui est devenu adulte. Autre chose que je suis venu et j'ai aidé avec votre père. J'ai cherché quelque chose d'intéressant à propos de la famille mais il n'y avait rien. Alors je me suis dit je vais voir ce qu'il a fait de sa vie, du moins du point de vue de la loi. Et je regrette de l'avoir fait. Il a laissé tomber le lycée vers l'époque où il a été arrêté pour un petit larcin. Ensuite ça s'est enchaîné. Cambriolage, coups et blessures, refus d'obtempérer, ivresse sur la voie publique, trouble à l'ordre public. Et ça s'est produit un peu partout. Des arrestations à Mobile, Hammond, Memphis, Hattiesburg, Jackson. Il n'a pas arrêté pendant environ une dizaine d'années, mais les cinq dernières ont été calmes à l'exception d'une simple agression. Une bagarre dans un bar à Vicksburg. C'est un homme maintenant et je peux aller le voir en chair et en os. Mais quand je lisais son casier tout ce que je voyais c'était ce petit garçon, assis juste là à l'endroit où il y avait la balancelle. Regardant tout sauf moi.

Myer tira un paquet de cigarettes de sa poche de chemise. En sortit une et se la cala au coin de la bouche.

« Tu ne fumes pas dans ma camionnette, dit-elle.

– Je connais les règles.

– Je peux te demander quelque chose ?

– Toujours.

– Colburn. Il a fait des bêtises depuis qu'il est ici ?

– S'il en a fait, je suis pas au courant.

– Peut-être qu'il veut juste voir. Comme toi.

– Peut-être. »

Elle se glissa de nouveau sur la banquette et reprit place derrière le volant.

« On est en retard, dit-il.

– Exact.

– C'est ma faute.

– Exact.

– On gaspille toute ton essence en restant ici avec le moteur qui tourne.

– Je connais un homme à qui je pourrais soutirer un peu d'argent.

– Alors allons-y. Il n'en a probablement pas autant que ce que tu crois. »

Hattie enclencha la marche arrière et recula dans l'allée. Une fois dans la rue, elle s'arrêta. Tous deux regardant longuement la maison des fous. Puis elle dit tu peux fumer cette cigarette si tu veux mais seulement cette fois. Il ôta la cigarette de sa bouche et répondit je n'oserais pas enfreindre un tel contrat. Surtout le jour du Seigneur.

23

Dans l'église de briques rouges ils chantaient des chants de résurrection. *Dans la tombe Il gisait, Jésus mon sauveur.* L'endroit était comble. Des femmes en robe blanche et des hommes portant des chemises fraîchement repassées. Des petits garçons dans des manteaux minuscules avec des nœuds papillon à clip et des petites filles avec des chaussures blanches vernies et des rubans dans les cheveux. Des mères et des pères et des sœurs et des frères et des cousins entassés sur le même banc. Livre de cantiques ouvert et bouche ouverte en adoration. *Attendant le jour qui arrive, Jésus mon Seigneur.* Dans une pièce au fond de l'église, derrière les fonts baptismaux, le garçon était caché dans le placard de la salle du chœur. En train d'écouter. Leurs voix comme quelque chose venu du paradis s'il pouvait imaginer le paradis. Il était accroupi derrière les robes suspendues et avait la tête appuyée contre le mur. Apaisé par le chant et étreint par le doux tissu pourpre des robes du chœur, une matière caressante et étrangère sur sa peau. Il commença à fredonner, tentant de se joindre aux autres. *De la tombe Il s'est levé, triomphant puissamment de Ses ennemis.* À l'intérieur ils chantaient un chant de résurrection, et à l'extérieur il s'en était produit une. L'homme était sorti du tunnel et avait rôdé dans la nuit. Sans dormir. Les heures sombres passées à marcher dans la vallée. Levant la tête entre les vignes pour hurler à la lune. Le hurlement se répercutant à travers la vallée jusqu'à ce que quelque prédateur à quatre pattes hurle à son tour, croyant répondre à l'appel d'une autre créature à fourrure et à crocs et non à celui d'un homme à la peau lisse et sans dents. Il avait erré toute la nuit et pendant le lever du jour et maintenant il était dehors perché dans un arbre sur la pelouse de l'église. Se tordant les mains et se frottant les yeux du geste de l'homme constamment anxieux. *Il est revenu victorieux du domaine obscur.* Une longue tente avait été érigée sur la pelouse de l'église. Une rangée de tables au milieu couverte de plats en verre et d'assiettes de biscuits et d'œufs mimosa. Des bols de sauce et des plateaux de poulet. Des chaises et des tables entouraient la tente et des croix en bois avaient été plantées dans le sol avec des maillets. Une porte latérale s'ouvrit et le garçon sortit. Il marcha le long des tables. Prenant un bout de pain au maïs. S'enfonçant un œuf mimosa dans la bouche. Plaçant une cuisse de poulet dans sa poche. À une extrémité de la table il souleva un bol en verre rempli de salade de pommes de terre et regarda par-dessus son épaule, un rapide coup d'œil pour voir si quelqu'un l'observait. *Et Il vit éternellement avec Ses saints pour régner.* Il se cala ensuite le bol sous le bras et tandis qu'il passait sous l'arbre pour quitter la pelouse de l'église l'homme lui tomba dessus. Un cri perçant tandis que l'homme glissait de la branche et s'écrasait sur le garçon. Le saladier de pommes de terre tombant par terre et l'homme s'accrochant au dos du garçon, lui serrant la gorge avec son bras et lui mordant l'oreille avec ses gencives visqueuses et le garçon se retourna. Tentant de respirer et tentant d'éloigner le bras de l'homme de sa gorge. L'homme enroula les jambes autour de la taille du garçon et tint bon et alors le garçon s'approcha en titubant de l'arbre. Son visage rouge et à court d'air et il se mit à percuter le tronc à reculons, l'homme grognant à chaque coup tandis que son dos heurtait l'écorce, le garçon frappant encore et encore jusqu'à ce que l'homme lâche prise et tombe au sol. *Il s'est levé, Il s'est levé, Alléluia le Christ s'est levé.* Le garçon tomba à genoux. Cherchant à reprendre son souffle. La salade de pommes de terre à côté de lui dans l'herbe. Il tendit la main pour ramasser le bol en verre. L'homme s'était redressé et était accroupi, ses longs ongles sales comme des griffes et ses yeux fous lorsqu'il se jeta sur le garçon, mais celui-ci le frappa avec le saladier en verre et le côté de sa tête miteuse produisit un bruit de gong. L'homme s'effondra dans l'herbe et ne bougea plus. Le garçon ramassa deux poignées de salade de pommes de terre et les déposa dans le saladier puis s'enfuit. À l'intérieur, ils se tenaient la main et priaient.

24

Ce n'était même pas une cellule. C'était une pièce fermée à clé dans la mairie à côté du bureau du shérif. Il y avait un petit lit et une chaise. Les murs d'un jaune terne. L'homme était étendu sur le dos sur le lit et Myer avait attendu suffisamment longtemps. Il déverrouilla la porte et marcha jusqu'à lui et lui enfonça légèrement la crosse d'une matraque dans les côtes.

L'homme grogna. Se tourna sur le côté. Myer lui donna un autre petit coup et dit réveillez-vous. Ça fait assez longtemps que vous êtes ici. L'homme ouvrit les yeux et s'assit. Il fit la grimace et leva la main et toucha la bosse sur le côté de sa tête. Myer glissa la chaise jusqu'au lit et s'assit.

« Il est temps que vous et moi ayons une bonne conversation, déclara-t-il.

– Je suis pas prêt », répondit l'homme.

Il leva les mains au-dessus de sa tête et s'étira puis s'enfonça l'index dans le coin de l'œil et se gratta.

« Alors préparez-vous.

– Qui m'a fait cette bosse sur la tête ?

– C'est ce que j'étais sur le point de vous demander.

– Je vois pas comment je le saurais. Il me semble que c'est à cette personne que vous devriez parler.

– Je vais être honnête. Je me fiche de cette bosse et de qui l'a faite.

– Alors pourquoi vous me gardez ici ?

– Parce que je me suis levé ce matin et j'ai mis cette chemise et cette cravate que vous me voyez porter. Je suis allé à l'église avec ma femme. Moi et tout un tas d'autres gens. Quand ça a été fini on est sortis pour déjeuner et on vous a trouvé étendu là à côté des tables de nourriture, assommé. Outre le fait que vous empestez comme si on vous avait plongé dans une bouse de vache vous êtes couvert d'une couche de crasse que même les chiens n'ont pas. Alors je veux savoir ce que vous fichez vous et votre femme et votre garçon.

– J'ai pas vu de femme. »

Myer souffla. Se leva de la chaise et marcha jusqu'à la fenêtre. Dehors les cornouillers étaient en fleur, de vives pointes de blanc qui se détachaient sur le vert riche du mois de juin. Myer croisa les bras et plissa le nez à cause de la puanteur de l'homme. Il voulait être sur son porche en train de boire un café et de regarder les colibris aller et venir dans la mangeoire qui était suspendue près des fougères. Il voulait être en train de lire le journal. Il voulait avoir les pieds posés sur la table. Il se retourna alors vers l'homme et dit je crois que j'ai pris un mauvais départ avec vous.

L'homme aspira entre ses gencives. Haussa les épaules.

« Quel est votre nom ? C'est la première chose que j'aurais dû vous demander sur le parking. Alors reprenons depuis le début.

– Ça a pas d'importance.

– Si, dit Myer. Ça en a. »

L'homme tourna les yeux vers le shérif et pendant un instant ils semblèrent s'éclaircir. Comme s'il venait de comprendre à propos de ce monde une chose que personne d'autre ne pouvait savoir.

« D'aussi loin que je me souvienne les gens comme vous se sont essuyé les pieds sur mon nom, dit-il.

– Je ne vous ai rien fait.

– C'est le même visage. Vous avez tous le même visage. »

Myer hésita. Ils sont au fond d'un trou, pensa-t-il. Et tu ne peux pas les en sortir.

« Où sont la femme et le garçon ?

– J'ai dit que j'avais pas vu de femme.

– Et le garçon ?

– Allez lui demander où il est.

– Assez de ces conneries, dit Myer. C'est quoi votre foutu nom ? »

Les yeux de l'homme se baissèrent vers le sol. Ses lèvres bougèrent mais rien ne sortit.

« Quoi ? demanda Myer.

– Laissez-moi tranquille, dit-il. Je vous ai rien fait.

– Dites-moi votre nom d'ici demain matin sinon vous vous retrouverez dehors avec les cantonniers à combler les ornières et on continuera comme ça chaque jour jusqu'à ce que vous vous décidiez à le dire assez fort pour que j'entende. »

L'homme se leva du lit et cracha par terre. Il toucha la bosse sur son crâne. Il passa sa main crasseuse sur son front crasseux. Et alors il dit mon nom est Boucher. Maintenant ouvrez cette satanée porte et laissez-moi sortir.

25

La maison recouverte se trouvait au fond de la vallée. Le kudzu formait une grande bosse et la cheminée se dressait en son centre tel un doigt vert pointé vers le ciel. Le garçon l'avait remarquée tandis qu'il suivait la route depuis la ville vers l'autre côté de la vallée. S'éloignant du campement. Cherchant un endroit où se cacher. Conscient qu'il devait prendre ses distances avec l'homme.

Il laissa le Caddie au bord de la route et pénétra sous les vignes. Ses yeux cherchant l'homme tapi derrière des troncs d'arbres ou s'apprêtant à jaillir d'un fossé d'écoulement. Il se fraya un chemin, incapable de voir la maison mais pensant que s'il continuait il l'atteindrait. Et lorsque des arbres plus épais se mirent à porter les vignes en hauteur il fut en mesure de marcher droit et il la vit.

La maison formait un rectangle grossier. Les planches du petit porche étaient gondolées en certains endroits et pourries en d'autres. La structure s'affaissait au milieu, les vignes épaisses sur le toit et descendant sur les côtés comme des liens. Elle avait longtemps auparavant été peinte en blanc mais était désormais ternie par des décennies de crasse. Des lattes de la charpente en bois étaient mal fixées et des amas de sumac et de chèvrefeuille étreignaient les poteaux du porche comme de grands pardessus verts.

Le garçon se tint à l'extrémité du porche. La porte était ouverte. Certaines vitres fêlées et d'autres manquantes. La vigne et les mauvaises herbes se faufilaient entre les planches du porche et enveloppaient la balustrade. Il monta sur le porche et la planche ploya sous son poids mais tint bon et il fit trois pas précautionneux et entra. Un couloir central séparait les pièces, deux sur la droite et deux sur la gauche. Il regarda d'un côté et de l'autre par les portes ouvertes des pièces à l'avant. Les murs mouchetés de moisissure et les lattes du plancher irrégulièrement séparées et des vignes qui rampaient dans les interstices. Le sol était jonché de feuilles mortes et d'éclats de verre et de morceaux de plâtre qui s'étaient détachés des murs et du plafond. La maison était étouffée par l'ombre et il inspira le parfum lourd du monde organique. Ses pas doux sur les feuilles et le plancher lui adressant tandis qu'il avançait de petits murmures grincheux.

Le plâtre était couvert de fissures et les murs étaient tachés de traînées d'eau de pluie qui avait transpercé la couverture de kudzu et s'était engouffrée dans les crevasses du toit à moitié pourri. Il marcha jusqu'au bout du couloir et regarda dans chacune des pièces à l'arrière. L'une était une cuisine. Un évier en fonte rouge taché était installé contre un mur et une unique vigne s'étirait à travers le plan de travail et s'enfonçait dans la canalisation. Une poêle en fonte et une bouilloire sur la gazinière, chacune couverte de toiles d'araignée. Au milieu de la pièce il y avait une table ronde en bois et une chaise, et sur le plancher sous la chaise il y avait une tache sombre et informe qui s'étirait jusque sous la table.

Il se détourna de la cuisine et lorsqu'il pénétra dans la pièce de l'autre côté du couloir il vit la cheminée. Des traînées d'eau argentées sur les côtés et les briques sillonnées de noir. Le mortier craquelé et détaché et les espaces entre les briques abritant des mille-pattes et des scarabées. Le garçon marcha jusqu'à la cheminée. S'assit sur son rebord. Il écouta, tentant de déterminer s'il entendrait l'homme arriver.

26

Enfoiré.

C'est tout ce que Dixon avait en tête tandis qu'il allait et venait sur la route miteuse et tortueuse devant la maison de Celia. Enfoiré. Il est à l'intérieur. Il avait vu à plusieurs reprises le pick-up garé sous les pacaniers tandis qu'il roulait sur les petites routes qui cernaient la vallée et s'enfonçaient à travers la campagne. Incapable de rester chez lui et de parler à Sadie. Rien à lui dire même s'il estimait essayer et rien de la part de sa femme qui lui donnait envie de rester. Dînant puis disant je sors un moment et elle ne lui demandait même plus où il allait. Il s'essuyait simplement la bouche et grimpait dans sa camionnette et roulait. Buvant au goulot d'une flasque le schnaps à la menthe poivrée qu'il gardait sur la banquette. Regardant le ciel prendre la couleur des pierres tombales tandis qu'il se dirigeait vers la boutique d'alcools à la limite du comté. Achetant une nouvelle demi-pinte de schnaps et un litre de bière qu'il siroterait tandis que les dernières lueurs s'enfonceraient dans la terre. L'obscurité s'installant sur le monde hors de lui et en lui.

C'étaient ses nuits. Il avait choisi d'errer sur les routes au lieu d'aller au bar depuis que Colburn était arrivé. Il ne supportait pas la façon qu'avait Celia de le regarder. La façon qu'avait Colburn de s'asseoir au bout du comptoir à l'écart des autres.

La façon qu'ils avaient de se pencher l'un vers l'autre et de se parler à voix basse. Comme si vous aviez un foutu secret, pensait-il en les observant. Penché sur sa queue de billard. Ses mains moites tandis qu'il serrait le bois lisse et les épiait à travers la lumière terne et poussiéreuse. Enfoiré. Il avait choisi les petites routes pour ne plus penser à eux et à ce qu'il s'imaginait qu'ils faisaient déjà ou feraient bientôt. Les cheveux roux de Celia repoussés en travers de son visage et les mains de Colburn sur ses épaules nues mouchetées de taches de rousseur et les yeux enfiévrés de deux personnes aux premiers jours de la découverte. Des yeux enfiévrés qu'il ne voyait plus quand il regardait dans le rétroviseur et des yeux enfiévrés qui avaient disparu du visage livide de Sadie quand elle allait d'une pièce de la maison à une autre.

Le pick-up était une fois de plus garé à côté de la voiture de Celia. Presque minuit. Une lumière dans une fenêtre à l'avant et le reste de la maison plongé dans l'ombre. Les pacaniers montant la garde en rangs d'oignons. Il s'imagina des yeux enfiévrés transperçant l'obscurité dans la pièce à l'arrière de la maison où il savait qu'elle dormait.

Dixon passa devant la maison et continua de rouler. La camionnette faisant des écarts entre les fossés et cahotant dans les ornières à la fois vieilles et récentes, et quand il atteignit l'autre côté de la vallée il s'arrêta au bord de la route. Il sortit avec le litre de bière dans une main et le schnaps dans l'autre. Une demi-lune diffusait un voile de lumière blême et la vallée ondoyait dans des nuances de noir. Le kudzu comme une toile des dieux. Il regarda de l'autre côté et repéra l'espace qui appartenait à Celia. Le clair de lune épargnant la maison sombre entourée de terre sombre et d'arbres sombres comme s'il accordait à Celia et à Colburn la solitude nécessaire. Un répit du monde qui tournoyait autour d'eux.

Il se baissa et arracha un brin d'herbe. Le coinça entre ses dents. Quelque chose bougea dans le fossé et les herbes bruissèrent tandis qu'un animal nocturne cherchait à manger. Dixon recracha le brin d'herbe et but une longue gorgée de schnaps, vidant la bouteille, une brûlure agréable le traversant. Ses yeux s'embuèrent et il s'imagina levant les bras et crachant du feu puis il lança la bouteille vers l'endroit où la créature fouinait, un violent geste de frustration et il entendit le bruit sourd du verre épais heurtant le crâne de la bestiole. Puis plus rien. Il attendit de percevoir un petit gémissement ou un cri. Le bruit d'une lutte pour survivre. Mais il n'y avait que les plaintes des grenouilles arboricoles et le rythme des grillons et toujours rien en provenance du fossé. Il avait visé dans le mille dans l'obscurité. Alors qu'il n'y voyait rien. Alors qu'il n'avait aucune chance de faire mouche. Peut-être que je m'y prends mal, songea-t-il. Peut-être que je devrais fermer les yeux et tituber à l'aveugle. Peut-être que c'est comme ça que ça fonctionne.

Pourquoi est-ce que je ne peux pas m'empêcher d'y penser, se demandait-il. Mais il n'avait pas de souvenirs qui ne concernaient pas Celia. Enfants ils avaient vécu dans la même rue. Avaient marché ensemble jusqu'à l'école. S'étaient assis dans les mêmes salles de classe. Avaient joué tous les deux à la récré. Rentrant à la maison côte à côte puis grimpant dans des arbres et faisant du vélo et se baignant dans l'étang. Et ensuite devenant des adolescents. Se passant des mots à travers la large table noire du labo de biologie. Déjeunant ensemble et se rendant à un bal de la Saint-Valentin en quatrième et écoutant des disques dans la chambre de Celia avec les hautes fenêtres et elle n'avait jamais su à quel point il avait envie de l'embrasser. Ni que quand il était sur la touche il regardait toujours la foule clairsemée dans les gradins pour voir si elle était là. Ni qu'il avait passé des nuits blanches à penser à elle pendant ces années d'adolescence et que ça lui arrivait encore. Pendant une période ça avait cessé. Durant les premières années de son mariage avec Sadie quand ils plantaient des fleurs dans le parterre et repeignaient la chambre. Les années où il avait essayé de la mettre enceinte et où ils s'étaient bien amusés avant que ça devienne une sorte de corvée. Quelque chose qui ne fonctionnait pas correctement. Finalement elle était tombée enceinte, et même si on leur avait dit que c'était un miracle ils ne voyaient pas les choses de cet œil. Et comme ça ne leur semblait pas extraordinaire ils avaient planifié comme tout le monde. Organisant une fête et préparant une chambre pour le bébé et ignorant la question qui les taraudait. Est-ce qu'on va y arriver ? Et ils n'y étaient pas arrivés. Pas de miracle.

Il porta le litre de bière à sa bouche et but.

C'était mieux la première fois, songea-t-il. Au moins je savais ce qui se passait. Parce que quand ça s'était reproduit trois ans plus tard elle avait simplement déclaré je suis enceinte. Puis deux semaines plus tard elle avait dit je ne le suis plus. Et il n'avait jamais trop su si elle disait la vérité ou si elle espérait seulement, alors ils avaient complètement cessé d'en parler et maintenant au lieu de rester à la maison le soir il allait au bar et jouait au billard et parfois il cherchait la bagarre. Des années comme ça. Celia de nouveau en tête de ses préoccupations. Une chose qu'il ne pouvait pas avoir mais il pouvait s'asseoir sur un tabouret et la regarder et lui parler et imaginer sa vie différemment et maintenant Colburn avait foutu ça en l'air et tout ce qu'il voulait c'était se débarrasser de lui.

Il appuya la partie charnue de sa main contre son front. Après quoi il pissa dans le fossé. Alluma une cigarette. Il jeta un nouveau coup d'œil à travers la vallée puis grimpa dans la camionnette et se remit en route, errant dans les profondeurs de la nuit, les routes serpentant autour de la vallée et escaladant les collines et il continua de rouler jusqu'à ce qu'il sache que Sadie était depuis longtemps perdue dans ses rêves avant de reprendre la direction de la maison.

27

Les jumeaux étaient dans leur jardin, dans l'espace entre leur maison et le kudzu. Tous deux torse nu et l'un portait un short bleu et l'autre un rouge. Une corde à linge courait entre deux poteaux d'acier en forme de T et ils se lançaient une balle de tennis, chacun tenant un gobelet en plastique avec lequel il essayait de rattraper la balle. Il y eut une pause lorsque l'un d'eux s'arrêta pour lacer sa chaussure et c'est alors qu'ils entendirent le fracas métallique du Caddie.

« Qu'est-ce que c'est ? » demanda l'un.

L'autre haussa les épaules. Le bruit devint plus fort tandis que le garçon approchait sur la route. Les jumeaux attendirent et écoutèrent.

« C'est un vieux tracteur, déclara l'un.

– C'est pas un tracteur parce qu'y a pas de moteur. »

Le bruit s'interrompit alors. Le garçon avait atteint leur allée caillouteuse et il regardait dans une poubelle quand les jumeaux firent le tour de la maison. Ils s'immobilisèrent au niveau d'une rangée d'azalées qui s'étirait devant la façade. Les azalées aux fleurs roses et blanches et les jumeaux regardant entre les fleurs tels des oiseaux curieux nichés sur une branche.

Le garçon se pencha et sa tête disparut dans la poubelle rouillée et cabossée.

« C'est un vieil homme », dit l'un.

Le garçon se redressa en tenant deux bouteilles de Pepsi. Il les examina un moment, après quoi il leva les yeux vers le ciel bleu et vide comme s'il attendait un quelconque encouragement puis il regarda le soleil en plissant les yeux avant de se retourner et de poser les bouteilles dans le Caddie.

« C'est un enfant.

– C'est un vieil homme.

– Non. »

Ils sortirent de derrière les azalées et traversèrent la cour. Le garçon se retournait pour enfoncer de nouveau la main dans la poubelle quand il les vit. Il s'interrompit net. À moitié penché. Un bras tendu. Comme s'il posait pour un sculpteur.

« Qu'est-ce que tu veux ? » demanda l'un.

Ils s'approchèrent du garçon et s'immobilisèrent à seulement quelques pas de lui. L'un d'eux faisait passer la balle de tennis d'une main à l'autre.

« Je veux juste ceci, répondit le garçon.

– Bon Dieu tu parles comme si t'étais tombé dans un trou.

– La ferme », dit l'autre et il tapa sur le bras de son frère.

Les jumeaux encerclèrent le garçon et s'approchèrent du Caddie.

Il y avait des bouteilles vertes et marron et transparentes. Un morceau de tuyau. Une bande de cuivre longue comme une batte de base-ball. Des cannettes en aluminium et un paquet de cookies aux pépites de chocolat presque vide et un petit tas de briques.

Les jumeaux se regardèrent.

« Tu veux quelque chose à boire ? » proposa l'un.

Le garçon acquiesça et attendit tandis qu'ils couraient ensemble à l'intérieur. Il resta là avec les mains sur la barre du Caddie comme si quelqu'un risquait de jaillir du fossé pour essayer de le voler.

Les jumeaux revinrent avec un verre d'eau et une saucisse.

« On n'a plus de petits pains pour faire un hot-dog mais il restait ça du déjeuner.

– Maman a dit que tu pouvais l'avoir. »

Le garçon prit le verre et la saucisse et acquiesça. Il regarda derrière eux en direction de la maison et leur mère se tenait à la fenêtre mais elle recula quand il la vit. Il s'enfonça la saucisse dans la bouche, la mâcha et l'avala d'un trait.

« Bon Dieu », dit l'un des jumeaux.

Il but l'eau de la même manière, levant le verre et le vidant en déglutissant bruyamment tandis que de minuscules ruisseaux s'écoulaient des côtés de sa bouche et dessinaient des lignes tordues sur sa gorge palpitante. Quand il eut fini il abaissa le verre et eut une série de gros haut-le-cœur comme s'il venait de courir à toute allure. L'un des jumeaux saisit le verre et le posa sur la boîte aux lettres tandis qu'ils l'observaient avec émerveillement. Comme si c'était un personnage de la Bible ou d'une bande dessinée qui avait pris vie, quelque chose qu'ils pouvaient uniquement imaginer auparavant mais sur lequel ils pouvaient dorénavant poser les yeux et les mains.

« Tu joues à la balle ? »

Le garçon regarda la balle de tennis et les jumeaux s'écartèrent l'un de l'autre et commencèrent à se la lancer.

« Viens », dit l'un.

Le garçon s'écarta du bord de la route et s'engagea sur l'herbe épaisse. Comme il ne savait ni comment se tenir ni quoi faire il regarda et attendit jusqu'à ce que la balle soit lancée dans sa direction et alors il leva les mains et la repoussa d'une claque comme si c'était un ennemi.

« Ne te bats pas contre, dit l'un des jumeaux.

– Laisse-la venir jusqu'à toi et attrape-la. C'est pas compliqué. »

Le garçon ramassa la balle par terre. Il la poussa plus qu'il ne la lança et elle tomba mollement entre les jumeaux.

« Pas comme ça, dit l'un d'eux en la ramassant. Comme ceci. »

Il fit au ralenti mine de lancer tandis que l'autre expliquait. Ne serre pas la balle si fort. Passe ton bras derrière toi. Ramène-le en avant et lâche quand il est en haut. Suis le mouvement et laisse ton bras redescendre après avoir lâché.

La balle revint au garçon et il la repoussa une fois de plus mais elle rebondit sur ses mains et son menton et il l'attrapa en la coinçant contre sa clavicule. Son expression changea et il regarda les jumeaux avec satisfaction tandis que l'un d'eux applaudissait en signe d'approbation.

« Maintenant lance-la comme on t'a montré. »

Le garçon serra la balle. Mais pas trop fort. Et alors il passa son bras derrière lui et il avait commencé à le ramener vers l'avant quand un gros craquement retentit à la limite de la vallée. Quelque part en contrebas. Les jumeaux regardèrent tous deux de l'autre côté du jardin dans la direction d'où le son était provenu. Ils s'approchèrent et se tinrent à l'orée du kudzu. Attendant un autre bruit ou du mouvement.

« Un arbre qui a dû se briser et tomber, dit l'un.

– Probablement », répondit l'autre.

Le garçon se tenait là dans le jardin. Il observa les jumeaux puis se retourna et regarda autour de lui. Serrant maintenant la balle de tennis. Tandis que ses yeux bougeaient il revit la mère à la fenêtre et cette fois elle lui adressa un signe de la main. Il tendit la balle dans sa direction. Les jumeaux revinrent et dirent vas-y lance-la. Le garçon recommença, passant son bras derrière lui, mais alors il s'arrêta. Il tourna brusquement la tête et regarda à l'intérieur du kudzu comme si on l'appelait.

« Quoi ?

– Tu vois quelque chose ? »

Il se contenta de laisser tomber la balle par terre. Il passa entre eux, marchant en direction du bruit. Les garçons restèrent immobiles et la mère était figée à la fenêtre.

« C'est rien. »

Mais le garçon continua de traverser le jardin en direction de la vallée. Et alors il y eut un nouveau craquement et il s'arrêta.

« C'est rien », répéta l'un des jumeaux.

Le garçon s'essuya les mains sur son pantalon comme s'il s'apprêtait à saisir quelque chose. Les jumeaux se mirent à marcher vers lui mais quand ils furent juste derrière lui il se retourna brusquement et ils firent un bond en arrière.

« Bon Dieu, dit l'un d'eux. Fais pas ça. »

Le garçon baissa alors les yeux vers le sol et traversa le jardin avec la démarche renfrognée qu'il adoptait quand il ne voulait pas être vu. Quand il voulait que les yeux du monde cessent de le regarder comme ils le faisaient. Il traversa le jardin et attrapa le verre sur la boîte aux lettres et le posa dans le Caddie, et il recommença à pousser ce dernier sur la route. Ils lui demandèrent de s'arrêter. Lui dirent t'es pas forcé de partir. Mais il continua et les ignora et ils restèrent plantés dans le jardin et attendirent que le fracas métallique s'estompe.

28

Colburn se tenait devant la porte de la maison de Celia. Fin d'après-midi. Elle était au bar et il le savait parce qu'il était passé devant en camionnette pour s'en assurer et maintenant il hésitait. N'entre pas, pensait-il. Pas sans elle. Mais il le fit tout de même.

Il ne l'avait jamais vue utiliser de clés et il ne s'attendait pas à ce que la porte soit verrouillée. Elle ne l'était pas. Il entra et laissa la porte ouverte derrière lui. Il marcha jusqu'à la malle. Approcha une chaise et s'assit et l'ouvrit. Quelque chose là-dedans portait le nom de son père et comportait un résumé de sa visite. Il avait vu suffisamment de bouts de papier pour comprendre que ce n'étaient pas juste des divagations arrachées à des cahiers mais aussi des comptes rendus de qui était venu.

Il fouilla à deux mains. Soulevant les pages déchirées comme s'il participait à un jeu de hasard dans quelque fête foraine morbide. Un jeu qui était truqué. Un jeu auquel on ne pouvait que perdre quels que soient les efforts qu'on fournissait. Il trouva des noms et il trouva des dates et il trouva toujours plus d'incohérences, mais il ne trouva pas ce qu'il cherchait et la malle semblait sans fond. Des fragments infinis du monde psychique de la mère de Celia. Il se pencha en arrière sur la chaise et souffla. Fixa le ventilateur au plafond.

Puis il se releva et se rendit dans le couloir et il ouvrit la seule porte fermée.

C'était la chambre de la mère. Un sommier en fer forgé pour le lit et les couvertures froissées. Une toile d'araignée enroulée autour du petit lustre suspendu au plafond. Une énorme armoire se dressait contre un mur avec les portes ouvertes et des vêtements sur les étagères. Pas pliés en piles soigneuses mais roulés en boule comme s'ils avaient été jetés depuis l'autre côté de la pièce. Une demi-douzaine de cartons ouverts se trouvaient sur le sol et certains renfermaient des photographies encadrées et des tasses et de la vaisselle. D'autres renfermaient des sous-vêtements et des chaussettes. Certains étaient vides. Des clous ressortaient des murs aux endroits où s'étaient trouvés les cadres.

À côté du lit il y avait un gramophone et Colburn s'assit au bord du matelas et l'observa. Enfant il dansait dans la cuisine avec sa mère quand Elvis passait à la radio et il aimait la façon qu'elle avait de bouger, rayonnante de bonheur, quand sa voix emplissait la pièce. Et pendant les semaines qui avaient suivi la mort de son père il s'asseyait dans le couloir de leur nouvelle maison dans une nouvelle ville et il l'écoutait pleurer à travers la porte de sa chambre tandis qu'elle passait « Love Me Tender » encore et encore et encore sur le gramophone jusqu'à ce qu'il rentre de l'école un jour et découvre le gramophone dans la poubelle à côté de la boîte aux lettres.

Il avait sorti l'appareil de la poubelle et l'avait rapporté dans la cuisine et branché. Le plateau s'était mis à tourner et un sifflement avait jailli du pavillon. Le coude de ce dernier était légèrement plié et il l'avait doucement redressé. L'appareil ne semblait pas en panne et il s'était servi un verre d'eau au robinet. Le bruit des pas de sa mère approchant dans le couloir puis s'arrêtant lorsqu'elle était entrée dans la cuisine et l'avait vu là. Remets ça dans la poubelle. Je ne veux plus voir ce truc. Il avait expliqué qu'il fonctionnait encore et qu'il avait redressé le pavillon et elle l'avait soulevé et brandi au-dessus de sa tête avant de le jeter violemment sur le sol en lino. Un fracas et des fragments projetés en l'air et volant à travers la pièce. J'ai dit jette ça à la poubelle et je suis sérieuse.

Il avait répondu oui maman et porté les gros morceaux dehors et balayé les plus petits et le camion poubelle était passé ce soir-là et le gramophone avait disparu. Il était assis sur les marches en béton du porche et avait entendu le camion arriver à une rue de distance puis le véhicule avait tourné à l'angle et il l'avait regardé rouler de maison en maison, et à mesure qu'il approchait il avait senti la peur monter dans sa petite poitrine et avait été persuadé qu'il y avait autre chose dans cette poubelle, une chose qui disparaîtrait et ne reviendrait jamais. Assis il regardait et il avait croisé les bras sur sa poitrine et serré comme s'il avait été d'une manière ou d'une autre possible de s'accrocher à cette chose qu'il ne pouvait pas nommer, et le camion s'était arrêté et l'homme était descendu à l'arrière et lui avait adressé un signe de la main. Ressentant chaque chose tandis que l'homme soulevait la poubelle et la vidait à l'arrière avec le reste. L'homme avait regardé une dernière fois le garçon avant de refermer l'arrière du camion et le moteur avait haleté puis le véhicule avait roulé jusqu'à la maison suivante.

Et c'est alors qu'elle avait commencé à disparaître. Plus de danse dans la cuisine et le repas occasionnel sur la table et une profondeur croissante derrière ses yeux comme un grand cratère érodé continuellement martelé par le vent et la pluie qui lui prenaient sa vie. Lui grandissant et devenant un adolescent et elle qui ne remarquait rien. Elle laissait la porte de derrière ouverte pour qu'il puisse aller et venir à sa guise et parfois au printemps ou quand les couleurs changeaient à l'automne elle redevenait elle-même pendant quelque temps. Ses yeux et son sourire et un plateau de biscuits au petit déjeuner et elle s'enquérait de ses devoirs et juste au moment où il s'habituait à ce qu'elle soit de nouveau sa mère elle se retirait une fois de plus dans le noir comme pour se cacher d'un intrus. Et du noir elle avait émergé par une froide journée de décembre et était venue le voir tandis qu'il était assis seul dans la cuisine. Seul en train de manger un sandwich à la saucisse tout en étudiant le manuel pour son permis de conduire et elle était entrée dans la pièce et s'était assise à la table avec lui. Les yeux rivés sur la salière et la poivrière au milieu de la table et il l'avait observée et avait attendu. Il avait appris à attendre sans poser de questions ni faire le moindre mouvement et à la laisser venir à lui. Elle avait finalement levé les yeux tandis que l'air froid de l'hiver s'insinuait sous la porte de derrière et s'engouffrait entre les bords des montants de fenêtre, et ses yeux étaient ombragés et fatigués et elle l'avait regardé avec la tête inclinée sur le côté comme si elle cherchait quelqu'un d'autre, puis elle avait déclaré ton frère aurait eu dix-neuf ans aujourd'hui.

Et il avait demandé, quel frère ?

Une portière claqua devant la maison de Celia et Colburn fit un bond. Il secoua rapidement la tête pour se libérer de ses souvenirs. Il sortit à la hâte de la chambre, refermant la porte derrière lui. Puis il marcha jusqu'à la porte ouverte à l'avant et regarda dehors et vit la voiture de patrouille et le grand flic qui s'en extirpait, grimaçant et se tenant le dos tandis qu'il se redressait. Colburn sortit sur le porche et descendit les marches et Myer vint vers lui. Les hommes s'arrêtèrent dans l'herbe haute de la cour et se regardèrent.

« Je comptais venir vous dire bonjour dans des circonstances plus cordiales mais puisque nous sommes là, je vais simplement vous demander ce que vous fabriquez ici.

– Je suis juste passé, répondit Colburn.

– Vous n'êtes pas chez vous.

– Je le sais.

– Alors pourquoi vous êtes passé ?

– Pour rien. Juste pour voir si elle était là. C'est interdit ?

– Vous connaissez Celia ?

– Oui. Et vous ?

– Tout le monde connaît Celia.

– Alors demandez-lui.

– Qu'est-ce que je suis censé lui demander ?

– Demandez-lui si ça la dérange que je passe. »

Myer parcourut la maison du regard. Chercha à percevoir du bruit à l'intérieur.

« Vous êtes seul ?

– Oui.

– J'ai reconnu votre camionnette.

– Comment vous l'avez reconnue ?

– Je l'ai vue en ville. Garée devant chez vous. Vous faites un sacré raffut quand vous roulez avec toute cette ferraille. »

Colburn acquiesça. Fit deux pas en direction de la camionnette.

« Attendez », dit Myer.

Colburn s'arrêta. Il s'était déjà trouvé là. À portée de main d'une quelconque loi. Sa prudence et sa voix intérieure lui disant de ne pas bouger. Il n'avait jamais aimé ça et il n'aimait pas ça maintenant. Il examina Myer. La barbe de trois jours grise et les yeux perçants et les lignes du temps sculptées tout autour.

« Ça vous ennuie d'attendre pendant que je jette un coup d'œil à l'intérieur ?

– C'est gentil de votre part de demander même si je sais que vous ne demandez pas vraiment.

– Alors attendez ici. »

Myer passa près de lui, leurs épaules se touchant presque.

« Vous pensez tous savoir quelque chose mais vous vous trompez, déclara Colburn quand Myer l'eut dépassé et fut monté sur le porche.

– Qu'est-ce que vous avez dit ? »

Colburn continua de lui tourner le dos. Il tira un paquet de cigarettes de sa poche.

« J'ai dit je vais attendre ici, shérif. »

Myer fixa l'arrière de la tête de Colburn. Puis il se remit en mouvement et pénétra dans la maison. Colburn alluma une cigarette. Les fenêtres étaient ouvertes et il regarda Myer aller de pièce en pièce. Sa silhouette sombre à travers les moustiquaires. Des portes s'ouvrirent et se refermèrent tandis que Colburn fumait et écoutait les bottes de Myer marteler le plancher, et il était appuyé au plateau de la camionnette lorsque le shérif ressortit et descendit les marches.

« La ville vous plaît ?

– C'est bien. C'est gratuit.

– C'est pas une si mauvaise affaire. Vous étiez déjà venu ici ?

– Non.

– Vraiment ?

– Vraiment, répondit Colburn, et il s'approcha de la portière de la camionnette.

– Colburn », dit Myer.

Il s'immobilisa. Jeta sa cigarette.

« Votre nom figure sur le bail du bâtiment, expliqua le shérif.

– OK, dit-il, et il tendit la main vers la poignée de la portière.

– Ça fait un bout de temps que je suis ici. Environ vingt ans.

– Tant mieux pour vous.

– J'avais l'intention de passer chez vous. Pour voir ce que vous fabriquez. »

Colburn lâcha la poignée. Se tourna vers Myer.

« J'ai le sentiment que vous ne dites pas tout ce que vous voulez dire.

– Je veux seulement vous dire que j'étais là, répondit Myer. La dernière fois que je vous ai vu, vous étiez assis sur le porche avec votre mère. Ça fait longtemps. J'ai été surpris en voyant votre nom.

– Je me fous un peu de tout ça.

– Vous avez besoin de quelque chose ? demanda Myer.

– Comme quoi ?

– C'est juste une question que je vous pose.

– Pourquoi vous le dites pas ?

– Dire quoi ?

– Vous vous êtes renseigné sur moi. Je le vois dans vos yeux. Je l'entends dans votre voix. C'est pas parce que j'étais un petit garçon triste qui vous a brisé le cœur que vous me retenez ici.

– Je veux juste que vous me disiez la vérité quand je la demande.

– Comme quand ?

– Comme quand je vous ai demandé si vous étiez déjà venu ici. »

Colburn souffla. Rit un peu. Alluma une autre cigarette.

« La vérité, hein ? C'est ça que vous voulez ?

– C'est exact.

– Votre vérité ou la mienne ?

– Je ne savais pas qu'il y avait une différence.

– Je m'en doutais. »

Myer secoua la tête. Se gratta le menton.

« On réessaiera une autre fois, dit-il. Vous pouvez partir. »

Colburn ouvrit la portière de la camionnette et grimpa dedans. Il démarra et enclencha la marche avant, décrivant un grand cercle dans la cour puis zigzaguant entre les pacaniers avant de s'engager sur la route. Il jeta un œil par-dessus son épaule et vit Myer qui le regardait s'éloigner et il enfonça l'accélérateur et roula plus vite. Les trois kilomètres jusqu'à la ville disparaissant en un instant tandis qu'il pensait à sa mère et à son père. Il pénétra dans le parking du bar et écrasa le frein et la camionnette s'arrêta dans un dérapage. Du trottoir quelqu'un lui hurla de ralentir mais il ne l'entendit pas et il ne voyait pas où il était ni ce qu'il faisait et il mit le véhicule au point mort et resta assis là avec ses pensées.

29

Quel frère ?

Ton père avait toujours l'intention de réparer la clôture, dit sa mère. Elle était enveloppée dans son peignoir et arborait une expression vide comme si elle ne savait ni qui ni où elle était. Elle et Colburn assis ensemble à la table de la cuisine. Chaque jour il avait l'intention de la réparer mais il ne l'a jamais fait. Il entendait ce chien aboyer au milieu de la nuit et il se roulait sur le côté et marmonnait faut que je répare cette clôture comme s'il se parlait dans un rêve. Ou alors il buvait du café sur le porche et le chien passait la tête par l'espace derrière les buissons et il disait je vais la réparer ce week-end mais il ne le faisait jamais. Jacob n'avait que deux ans. C'était le nom de ton frère. Jacob. C'est ton père qui l'avait choisi. Il n'avait que deux ans, presque trois environ un mois plus tard. Mais cette clôture. Entre notre maison et celle du voisin. Il y avait toujours eu un trou dedans suffisamment gros pour la tête de ce chien mais je suppose qu'il a continué de pousser encore et encore jusqu'à pouvoir passer tout son corps. Il était déjà venu dans notre jardin à quelques reprises et ton père l'avait chassé. Et c'était un chien méchant. Je me souviens que ton père essayait de lui faire peur et il se contentait de le regarder. Il ne bondissait pas ou ne détalait pas comme le font la plupart des chiens quand on tape du pied.

C'était un chien méchant, avec des yeux qui vous transperçaient. Comme s'il pensait déjà à ce qu'il vous ferait s'il en avait l'opportunité. Son museau était tout tendu, on aurait dit que sa fourrure avait tellement été tirée en arrière qu'elle risquait de se déchirer. Et elle était grise comme un nuage d'orage à l'exception d'une traînée blanche entre les yeux. Je ne lui ai jamais fait confiance et je l'avais signalé à ton père et il disait qu'il allait réparer la clôture. Tous les jours il le disait. Mais il ne l'a jamais fait.

Elle remua sur sa chaise. Fixa la table. Colburn avait commencé à se sentir nauséeux pendant qu'elle parlait comme s'il tombait d'une grande hauteur sans rien pour le rattraper.

Il avait déjà tué, poursuivit-elle. Il avait ramené cet autre chien un jour. Personne ne savait d'où il venait. Il est juste arrivé dans la rue en traînant ce chien mort. Il serrait sa gorge dans sa gueule. Et il allait et venait dans la rue en tenant l'animal mort par la gorge comme s'il montrait un trophée. Comme s'il voulait prouver à tout le monde de quoi il était capable. Alors ton père y est allé. Il a dit au voisin qu'il ferait bien de faire quelque chose à propos de son chien avant qu'un terrible accident se produise et l'homme n'a pas bronché mais je ne vois pas comment il aurait pu le faire de toute manière. Il l'a attaché pendant un petit moment dans son jardin. Il fallait une vraie chaîne tellement ce chien était fort. Et je me souviens du bruit qu'a fait l'homme quand il a planté un vieux tire-fond de voie ferrée dans le sol pour y fixer la chaîne qui retiendrait le chien. Ça a fonctionné un temps et on a cessé d'y penser et je suppose que ton père a cessé de penser à la clôture mais d'une manière ou d'une autre le chien a fini par se libérer et il s'est remis à errer. Donc on ne laissait jamais ton frère dehors à moins qu'il soit dans notre jardin parce qu'on avait la clôture. Mais la clôture avait toujours ce trou au niveau d'un des poteaux et ton père n'arrêtait pas de dire qu'il allait la réparer. Je ne sais pas pourquoi il ne l'a jamais fait. Je ne sais toujours pas qui blâmer.

Ses yeux semblèrent s'enfoncer plus profondément dans sa tête comme s'ils fuyaient l'existence. Dehors les nuages avaient voilé le soleil de la froide journée de décembre et une lumière étouffée emplissait la cuisine et donnait l'impression d'une vieille photo. Comme si sa mère était une image ancienne qui ne pouvait être ni ranimée ni manipulée. Colburn l'écouta mais c'était comme si ce n'était pas sa mère, juste quelqu'un qui portait la peau de la femme qu'il avait connue. Comme si sa confession de cette vie passée était une ultime transformation. En quoi, il ne le savait pas.

Ses cheveux étaient attachés en un chignon désordonné derrière sa tête et elle y avait porté les doigts et entortillait des mèches. Elle renifla. Prit une profonde inspiration. Puis elle dit c'était ma faute car je n'aurais jamais dû le laisser dehors seul. Je n'ai juste pas fait attention et je ne sais pas comment on est censé pouvoir imaginer qu'une telle chose se produise. Comment l'esprit est-il censé aller si loin ? Il faisait chaud et nous avions toutes les portes et les fenêtres ouvertes. Les ventilateurs tournaient. J'étais occupée. Je ne sais même plus ce que je faisais. Et Jacob n'arrêtait pas de pousser sur la porte-écran et de brailler pour sortir alors j'ai défait le loquet et je l'ai laissé aller dehors. Je jure que je l'ai fait sans réfléchir. On ne pense pas à ce genre de choses. Ton père était allé faire une course et juste au moment où il est rentré on a entendu ce qui se passait et je me souviens qu'on s'est regardés et qu'on a tous les deux su avant même d'aller dans le jardin. On l'a tous les deux su comme si c'était une chose qui avait été planifiée de toute éternité. Peut-être que c'était le cas.

Elle croisa les bras sur la table et posa sa tête inclinée dessus. Ses yeux pleins d'appréhension tandis qu'elle revoyait tout et sa respiration commença à être saccadée. Colburn ne bougea pas. Ne parla pas. Elle se rejouait la scène mentalement et tandis qu'elle regardait et entendait sa bouche s'entrouvrit avec la même expression de terreur que celle qu'elle avait eue il y avait si longtemps quand ils avaient accouru dans le jardin.

Quel frère, pensa-t-il.

Ce frère.

Elle se redressa et dit je ne sais pas pourquoi on a décidé de ne jamais t'en parler. C'était l'idée de ton père. Et ça a été son idée de quitter la ville et de repartir de zéro dans un nouvel endroit, et on ne pensait pas qu'on aurait un autre enfant. Aucun de nous n'en voulait. Je crois qu'on pensait l'un comme l'autre qu'on pouvait fuir ce qui était arrivé. Comme si c'était une histoire affreuse qu'on aurait entendu raconter par quelqu'un d'autre.

Elle se repassa alors mentalement leurs disputes mais ne répéta pas à Colburn ce que son père avait dit quand elle lui avait annoncé qu'elle était de nouveau enceinte. Quatre années depuis que ça s'était produit. Quatre années sans qu'aucun des deux en parle. Vivant juste machinalement. Elle ne révéla pas et ne révélerait jamais à son plus jeune fils que son père avait dit non. Tu le gardes pas. J'en veux pas et j'en voudrai jamais. On va aller quelque part et s'en débarrasser. Moi je le veux, avait-elle répliqué. Je me fiche que tu le veuilles ou non. Ce sera pas notre bébé, avait-il répondu. Ce sera ton bébé. Et elle avait rétorqué tu ne penses pas ce que tu dis mais il le pensait, et même si elle avait cru que le temps atténuerait son sentiment il ne s'était jamais comporté différemment de la manière dont il avait promis qu'il se comporterait. Cet enfant vivra dans ma maison et je subviendrai à ses besoins mais mon unique fils est mort et c'est moi qui l'ai tué parce que je n'ai pas réparé cette foutue clôture et je ne serai le père d'aucun autre enfant dans cette vie. Je t'emmènerai régler le problème si tu changes d'avis et tu ferais bien d'y réfléchir. C'est tout réfléchi, avait-elle dit. Et je te déteste de ne serait-ce que suggérer ça. Déteste-moi alors, avait-il dit. Et il faisait les cent pas la nuit pendant qu'elle était couchée avec son ventre de plus en plus gros, s'imaginant cet enfant comme la voie vers la guérison, mais elle l'écoutait arpenter le couloir et parler tout seul. Prier Dieu pour que ce soit un coup de bluff du destin. Pour que ça ne soit pas réellement en train d'arriver. Et pourquoi tu règles pas le problème et je l'aimerai pas et je me fous de ce que tu me feras parce que tu en as déjà assez fait. J'en reviens pas que tu nous refasses le coup. Faisant les cent pas sur le plancher en chaussettes pour ne pas la réveiller mais parlant à Dieu sans censure de l'enfant qu'il ne voulait pas et n'aimerait jamais et elle était allongée là et écoutait et essayait de fermer les yeux et de dormir. Allongée sur le dos avec les mains sur le ventre, murmurant à l'enfant. Ne l'écoute pas. Il ne le pense pas. Je t'en prie ne l'écoute pas. Ses mains sur son ventre à l'endroit où elle pensait que se trouvaient les oreilles de l'enfant. Ne l'écoute pas. Je t'en supplie. Il t'aimera et moi aussi. Elle avait ravalé tout ça, sans jamais parler à personne du ressentiment de son père, le cachant sous la surface de l'existence dans l'espoir que le miracle de l'amour toucherait leur vie.

Et qu'est-ce que vous avez fait ? demanda Colburn.

À propos de quoi ?

Le chien.

Oh.

Il y avait un torchon sur la table et elle le souleva et se tapota les yeux puis elle dit je ne sais même pas si ton père s'était déjà servi d'une arme. Mais il est allé chercher un fusil de chasse et une boîte de munitions quelque part puis il a marché jusqu'au chien qui était de nouveau enchaîné et il lui a tiré dessus jusqu'à ce qu'il ne soit plus qu'une flaque de sang. Il a tiré tellement de fois et pendant tellement longtemps que les gens du quartier sont sortis de chez eux pour venir voir ce qui se passait. Une foule se tenait là et regardait pendant qu'il tirait encore et encore sur ce chien et je ne sais pas s'ils pleuraient pour le chien ou pour ton frère ou un peu pour les deux. Si je me souviens bien un policier s'est même arrêté et il s'est contenté de descendre de voiture et de regarder avec les autres. Cet homme à qui appartenait le chien se tenait là avec les bras croisés. Appuyé contre un arbre dans son jardin. Il ne disait rien et après que ton père a eu tellement tiré sur le chien que ça ne servait plus à rien de continuer il a levé le fusil et l'a pointé sur l'homme. Je regardais par-dessus la clôture et je voulais lui dire de le faire. Je voulais le hurler. Tue-le. S'il te plaît tue-le. Et moi et tous les autres pensions qu'il était sur le point de le faire sauf peut-être l'homme qui ne bougeait pas. Il avait les bras croisés et l'épaule contre l'arbre et il se contentait de regarder ton père comme s'il ne lui en voudrait pas. Mais alors ton père a abaissé le canon et il a mis un genou à terre. Il a calé la crosse du fusil sur le sol et a tourné le canon vers son propre visage et il a pris l'extrémité dans sa bouche comme s'il essayait de l'avaler en entier. Et personne ne bougeait. Ni cet homme ni le policier ni aucune des personnes qui étaient venues voir ce qui se passait. C'était comme si le temps s'était figé. Il a tendu la main vers la détente et a posé le doigt dessus et j'ai fermé les yeux et attendu d'entendre le reste de ma vie s'écrouler. Mais il n'y a rien eu. Du moins pas à ce moment-là. J'ai rouvert les yeux et il s'était ôté le canon de la bouche et avait balancé le fusil par terre et il s'est levé et est parti dans la rue et je ne l'ai pas revu jusqu'au lendemain. Je ne sais pas pourquoi on ne te l'a jamais dit. C'était une idée horrible et je suis désolée parce que je crois que ta vie et celle de ton père auraient pu être différentes si on l'avait fait.

Elle fit passer le torchon d'une main à l'autre puis le posa à plat sur la table et le lissa.

Même à quatorze ans il comprenait. Il comprenait l'indifférence et le désintérêt et la sensation qu'il n'était rien de plus qu'un désagrément pour son père. Les questions qu'il posait auxquelles son père ne répondait pas et les fois où il le suppliait de l'accompagner quand il sortait et son père l'ignorant et démarrant la voiture et le laissant planté sur le porche en train d'agiter sa petite main. Il comprenait le silence de la maison et les yeux enfoncés de son père et la façon qu'ils avaient de toujours regarder à travers lui comme s'il n'était qu'une ombre, une silhouette inutile. Je ne t'aime pas et je ne veux pas de toi avait-il entendu son père dire mille fois dans les regards noirs qu'il lui lançait quand il faisait une bêtise ou quand le garçon essayait de lui parler de quelque chose qui était arrivé à l'école ou quand il lui touchait l'épaule pour lui souhaiter bonne nuit. Je ne t'aime pas et je ne veux pas de toi, et il comprenait maintenant que sa mère avait avoué le chagrin qu'ils avaient tous les deux ravalé et digéré depuis qu'il était né, et il voyait le visage creusé de son père quand le silence régnait dans l'atelier et il entendait sa voix quand il lui avait dit de foutre le camp et il le voyait suspendu à la poutre de l'atelier. Il comprenait qu'il avait eu raison aux moments où il s'était demandé s'il lui avait fait quelque chose. S'il avait commis quelque péché impardonnable. Car c'est ce qu'il avait fait.

Il était né.

Sa mère tendit la main vers lui à travers la table. Je suis désolée, Colburn.

Mais il ne la saisit pas. Et il ne répondit pas. Il avait quatorze ans et tandis qu'elle tendait la main vers lui dans un faible geste d'excuse il commença à calculer pendant combien de temps encore il devrait vivre dans cette maison. Il regarda le manuel pour le permis de conduire qui était toujours entre ses mains et il ne vit pas des pages remplies de réponses à des questions mais il vit à la place la possibilité de partir. D'avoir légalement le droit de monter dans une voiture et de s'éloigner d'elle et de cet endroit et des photos de son père qui étaient accrochées au mur et de ce simulacre de vie qu'ils avaient vécu ensemble. Il regarda de nouveau sa main vide et c'était la main d'une inconnue. Pas la main d'une mère ni celle d'une amie et pas la main du réconfort, et même si elle lui avait donné la vie malgré le courroux de son père elle n'avait pas aimé comme elle aurait dû le faire. Elle ne s'était pas battue comme elle aurait dû le faire. Et il comprenait et elle voulait qu'il pardonne, mais à partir de cet instant il ne pensa plus qu'au jour où il la laisserait se débrouiller seule. Où elle se retrouverait là à se demander s'il en avait quelque chose à foutre. Exactement comme ils avaient fait avec lui.

30

Colburn était affalé sur la banquette de la camionnette et fixait d'un air absent le volant. Soudain il ouvrit la portière sans réfléchir et traversa le parking comme s'il était assommé par le passé et il ouvrit la porte du bar et se tint sur le seuil. À l'intérieur une femme rondouillarde qui venait d'arriver du salon de beauté avec sa montagne de cheveux était installée au comptoir. À côté d'elle étaient assis trois hommes qui portaient encore leurs vestes orange de cantonniers. Deux hommes à la cravate desserrée jouaient au billard et un bossu avec une canne tapait sur le distributeur de cigarettes pour tenter de faire tomber un paquet de plus.

« Arrête, Ed », lui lança Celia. Elle était derrière le bar occupée à tirer des bouteilles d'alcool d'un carton. « Tu fais ça chaque fois.

– Un jour ça fonctionnera.

– Si ça marche tu ne pourras pas les garder de toute manière. Tout ce qui tombe en plus de cette machine, c'est ce qu'on appelle les cigarettes de la maison. »

Ed donna un coup supplémentaire puis attrapa sur le plateau le paquet qu'il avait acheté. Il marcha tranquillement jusqu'à la table de billard pour regarder.

Colburn se tenait dans l'entrebâillement de la porte ouverte. Le rectangle de lumière derrière lui et son visage sombre et tous plissèrent les yeux dans sa direction.

« Ferme la foutue porte », dit l'un d'eux.

Il fit un pas à l'intérieur et la porte en verre se referma derrière lui. Il marcha jusqu'au bout du bar. Personne ne lui parla et il ne parla à personne. Celia sortit une bouteille de bière du réfrigérateur. La décapsula et la posa devant lui. Une mèche de cheveux tombait en travers de ses yeux et elle leva la main et l'écarta de son visage. Elle lui toucha le bras mais il demeura comme en transe.

« Colburn ? » dit-elle.

Et alors l'un des hommes qui jouait au billard prononça le mot. Parce qu'il attendait d'en avoir l'opportunité.

« Taré », dit Dixon. Le mot dur porta sans encombre à travers la pièce et fut suivi de petits rires gênés. Celia se retourna et le vit appuyé à la table de billard, le visage déformé par le dédain.

« Boucle-la, dit-elle.

– Ouais, Dixon. Boucle-la », chantonna une autre voix d'un ton moqueur.

Nouveaux rires. Dixon tira sur sa cravate qui était un peu trop courte. Tira sur la ceinture de son pantalon qui était un peu trop serrée. Il adressa un sourire de satisfaction furtif aux habitués puis reprit sa contenance habituelle en voyant que Celia l'observait.

Colburn poussa un profond soupir et sembla sortir de sa torpeur. Ses yeux limpides comme s'il voyait seulement à cet instant où il était, et quand Celia se tourna de nouveau vers lui et lui demanda s'il allait bien, il acquiesça et souleva la bière et but.

« Je rentre chez moi, déclara-t-il.

– Te prends pas la porte dans le cul, lança Dixon.

– Je t'ai dit de la boucler, intervint Celia.

– Viens avec moi.

– Je ne peux pas pour le moment », dit-elle.

Il se pencha vers elle et baissa la voix et dit je ne veux pas être ici. Je veux être ailleurs avec toi. Et elle lui murmura en retour. Assieds-toi un petit moment. Bois ta bière. Fume mes cigarettes.

Il acquiesça. S'assit sur le tabouret vide à côté de lui et la partie de billard reprit. Les habitués se remirent à discuter. Le claquement des bouteilles sur le comptoir et le cliquetis des briquets. Colburn but la première bière rapidement. Celia lui en donna une autre et il était en train de tourner distraitement la bouteille entre ses mains quand la boule blanche bondit soudain du billard et rebondit par terre, s'arrêtant à ses pieds. Il se pencha et la ramassa et Dixon approcha de son côté du bar pour la récupérer.

Quand il atteignit Colburn il tendit la main. Ce dernier se leva. Marcha jusqu'à la porte et l'ouvrit et fit un pas dehors puis il jeta la boule dans la rue. Après quoi il revint et se rassit. Il souleva sa bière et but une petite gorgée qu'il n'eut pas le temps d'avaler avant que Dixon le pousse violemment à deux mains et l'éjecte de son tabouret. La bouteille de bière s'envola de sa main et ses pieds battirent l'air et il tendit les bras mais ne parvint à se raccrocher à rien et il atterrit à plat sur le dos, l'air quittant ses poumons sous l'impact et la bouteille produisant un tintement puis roulant à travers la pièce. Celia fit le tour du bar et attrapa Dixon par le bras alors qu'il avançait vers Colburn, et quand il la repoussa deux hommes en veste orange se levèrent de leur tabouret et agrippèrent Dixon et l'entraînèrent vers la porte. Car c'est ce que Celia leur hurlait de faire. Faites sortir ce connard.

Elle les suivit dehors et quand les deux hommes lâchèrent Dixon elle dit tu ferais mieux de grimper dans ta foutue camionnette et de rentrer chez toi. Sa chemise était sortie de son pantalon et il avait perdu un bouton quand les deux hommes l'avaient foutu à la porte. Il respirait fort tandis que les deux hommes retournaient dans le bar et les laissaient tous les deux dans l'après-midi étouffant.

« Faut que t'arrêtes », dit Celia.

Dixon dénoua sa cravate. L'ôta et l'enfonça dans sa poche.

« Tu m'entends ? demanda-t-elle.

– Il est pas blessé.

– Je sais qu'il est pas blessé, mais c'est pas ce que je veux dire et tu le sais. Tu dois arrêter de péter les plombs chaque fois que quelqu'un décide de s'asseoir près de moi. »

Il souffla. Baissa les yeux vers le sol tel un enfant réprimandé.

« Tu m'écoutes ?

– Je suis là et on sait toi comme moi que je t'entends.

– Je t'ai pas demandé si tu m'entends. Je t'ai demandé si tu m'écoutes.

– C'est pas chaque fois.

– Ça s'est produit avec Coney et ça s'est produit avec Lamar Johnson. Les deux fois à l'intérieur à côté de la table de billard. T'arrêtes pas de chercher la bagarre jusqu'à ce qu'ils en puissent plus et alors t'es content. Comme aujourd'hui. Et ça fait un moment que je t'observe.

– Quoi tu m'observes ?

– J'observe comment tu regardes Colburn quand il est dans le bar. Comment tu regardes quand lui et moi on est assis là à discuter. Faut que t'arrêtes et je suis sérieuse. On n'est plus au lycée, Dixon. Ça fait longtemps que c'est fini. »

Il essuya une ligne de transpiration sur sa lèvre supérieure. Fit la moue et secoua la tête. Conscient qu'elle avait raison. Conscient qu'il s'était comporté comme un imbécile. Conscient qu'il recommencerait.

« Il est pas chez lui et il a rien à faire avec toi, dit-il.

– Tu dis des bêtises, répliqua-t-elle.

– C'est pas des bêtises. Y a quelque chose de pas net chez ce type. Je me fous de ce qui est arrivé à son père et de ce qu'il fabrique ici. »

Elle s'approcha de lui puis tourna en rond de frustration avant de dire pars. Rentre chez toi ou va où tu veux mais pars et ne reviens pas si tu comptes chercher de nouveau des emmerdes à Colburn. Ou si tu comptes chercher des emmerdes à moi ou à quelqu'un d'autre. Parce que si tu recommences faudra que tu te trouves un autre endroit pour boire ta bière et jouer au billard.

« Y a pas d'autre endroit.

– Alors tu ferais bien de te calmer. »

Colburn s'était relevé. Il avait ramassé la bouteille de bière et pris un torchon sur le comptoir et essuyé ce qui avait été renversé. Et maintenant il regardait Celia et Dixon à travers la porte en verre. Derrière lui quelqu'un observa je suppose qu'on peut plus jouer au billard. Un autre dit si j'étais toi je prendrais plus la peine de venir quand Dixon est là. Une autre voix déclara peut-être qu'il a raison à ton sujet.

Colburn se retourna alors. Tous les yeux étaient sur lui.

« Comment ça raison à mon sujet ? » demanda-t-il.

Personne n'ouvrit la bouche.

« Comment ça raison à mon sujet ? Bon Dieu dites-le ! » hurla-t-il.

Mais ils refusaient de répondre. Les bouteilles portées à leur bouche. Les cigarettes à leurs lèvres.

Il glissa la main par-dessus le comptoir et l'enfonça dans le réfrigérateur et attrapa deux bières puis il passa derrière eux.

Fusilla du regard l'arrière de leur tête tandis qu'il marchait derrière la rangée de tabourets. Retourna son regard au bossu avec la canne qui était appuyé à la table de billard. Ouvrit d'un coup de pied la porte de la réserve et passa devant les caisses de bière et les bouteilles d'alcool puis ouvrit en grand la porte de derrière pour trouver le garçon en train de fouiller dans la poubelle. Soulevant des cannettes en aluminium et les déposant dans un sac à patates en toile.

« Tire-toi d'ici », dit-il.

Le garçon était penché en avant avec le bras enfoncé dans la poubelle. Il se redressa et regarda Colburn avec des yeux las et indifférents.

« J'ai dit tire-toi d'ici ! » hurla Colburn.

Il entendit alors qu'on appelait son propre nom. Un cri derrière lui. Il se retourna pour voir de qui il provenait et Celia se tenait dans l'embrasure de la porte de derrière. Ses yeux posés sur le garçon qui reculait avec son sac de cannettes, produisant à chaque pas prudent un petit bruit métallique.

La honte envahit Colburn et il se retourna vers le garçon. Celui-ci avait des traces de sang séché sur les bras à force de gratter des piqûres d'insecte et il portait deux chaussures différentes. Une beaucoup trop grande et ses orteils ressortant par un trou à l'avant de l'autre. Colburn l'avait toujours considéré comme un enfant quand il était assis là avec Celia et qu'il le regardait manger, mais en l'observant à présent il voyait quelque chose de différent. Ni enfant ni homme mais quelque chose entre les deux. Un dos voûté et les gestes calculés de celui qui est incertain ou détaché. Colburn marcha jusqu'à la poubelle et en sortit trois cannettes supplémentaires puis il pressa le pas pour rattraper le garçon qui longeait lentement le bâtiment du bar.

Colburn ouvrit le sac et fourra les cannettes dedans. Il sortit trois dollars de sa poche et les donna au garçon.

Puis il retourna vers Celia. Elle était appuyée au montant de la porte avec les bras croisés, le front plissé par l'agacement que lui inspiraient les hommes. Il s'approcha et se tint juste devant elle, elle posa les yeux sur lui et il dit quand tu auras fini rentre chez toi le plus vite possible. Ne me demande pas pourquoi. Contente-toi de rentrer. Je vais faire un feu et attendre. Je veux te dire des choses que je n'ai jamais dites à personne et ça pourrait te retenir de venir. Et dans ce cas je ne t'en voudrais pas. Mais j'aimerais que tu y réfléchisses. Je serai là-bas.

31

Colburn rassembla des branches tombées des pacaniers et les entassa derrière la maison. Il prit des briques à côté de la remise et les déposa en un vague cercle sur la pente du jardin à quelques pas de l'endroit où commençait le kudzu. Il avait trouvé une scie dans la remise et il émonda les branches puis scia celles qui étaient trop épaisses pour qu'il les casse sur son genou. S'agitant dans le crépuscule et le va-et-vient de la scie le faisant transpirer et son cœur qui cognait fort et la satisfaction d'être actif le faisant se sentir mieux.

Bientôt il eut un feu. Il avait pris deux chaises de jardin en aluminium sur le porche arrière et les avait portées près du brasier. Le jeune feu crépitait et sifflait et il s'assit avec les jambes croisées. Les mains repliées sur son genou. Une pose révérencieuse tandis qu'il attendait Celia.

Il était près de minuit lorsqu'elle arriva et sa silhouette traversa tranquillement le jardin, tenant dans chaque main une bouteille de vin par le goulot. Elle s'assit à côté de lui et lui tendit la bouteille qui était déjà ouverte puis posa l'autre par terre et dit on est probablement les seules personnes de toute la foutue région à être assis devant un feu ce soir. Ils se passèrent tour à tour la bouteille.

« Je devrais probablement te parler de Dixon, commença-t-elle.

– Je veux rien savoir sur lui.

– Si quelqu'un me poussait d'un tabouret de bar je voudrais savoir qui il est.

– Ben pas moi.

– Qu'est-ce que tu veux savoir ?

– Rien pour le moment.

– Alors pourquoi c'est pas toi qui parles ? C'est pour ça que je suis venue. À cause de ce que tu as dit. À cause de la manière dont tu l'as dit. »

Il bougea alors. Remua sur sa chaise. Il posa la bouteille par terre et regarda Celia tandis que la lumière du feu dansait sur son visage et que ses cheveux bouclés projetaient des ombres bouclées et elle dit tu peux me parler. Et il ne voulait plus être comme ses parents. Garder tout en soi après des années à se fatiguer les yeux et à faire des sourires forcés, ravalant leur chagrin dans un silence empoisonné qui ne pouvait que se répandre et tout gâcher. Elle lui serra le bras et dit de quoi qu'il s'agisse, tu peux le dire.

Il parla du visage gonflé et des yeux exorbités de son père et de sa mère hébétée et lui raconta l'histoire d'un frère qu'il n'avait jamais connu. La brutalité de l'indifférence et les années d'enfance qu'il avait gâchées à tenter de plaire à un homme à qui il n'était pas possible de plaire et les années de jeunesse qu'il avait gâchées à tenter de comprendre ce qu'il avait fait pour qu'il se passe la corde au cou. La main de sa mère tendue vers lui quand elle lui avait parlé de son frère. Comme si un geste aussi simple pouvait effacer une vie de questions et de culpabilité, et comment il avait laissé cette main posée là sur la table. Ouverte et vide.

Puis il revint en arrière jusqu'au moment où il s'était dirigé vers l'atelier. Le silence tandis qu'il approchait et l'angoisse d'ouvrir la porte et de voir son père gronder et de l'entendre gueuler, mais il y était tout de même allé comme on lui avait demandé de le faire. Et je me souviens m'être dit que peut-être que cette fois ce serait différent. Quelque chose en moi pensait tout le temps que la prochaine fois ce serait différent. Mais j'ai ouvert la porte et il se débattait et il a agité une main dans ma direction pendant qu'il avait l'air de tirer sur le nœud coulant de l'autre. Sa foutue bouche écumait et ses orteils touchaient à peine le haut du tabouret et alors il a commencé à lever les bras, tentant d'agripper la poutre au-dessus de sa tête, mais la corde était trop longue et il ne pouvait pas l'atteindre. Je voudrais dire que j'ai hurlé ou pleuré mais je n'ai fait ni l'un ni l'autre. J'aurais dû. Je sais que j'aurais dû. Mais je ne l'ai pas fait.

Pendant tout le temps qu'il avait parlé Colburn avait joint ses mains ouvertes. Appuyant de plus en plus fort. Elles commençaient à trembler à cause de la pression et Celia les enveloppa de ses propres mains. La tension en lui se relâcha et il semblait se dégonfler. Mais il se remplit de nouveau et saisit les mains de Celia et les écarta et dit j'ai pas encore fini.

Je crois qu'il voulait redescendre. Je crois qu'il avait changé d'avis. Je suppose que c'est ce que font les gens quand ils marchent vers la mort. Je suppose qu'ils décident que les choses ne sont pas si terribles qu'elles en ont l'air. Peut-être que je pourrais mieux agir. Peut-être que je pourrai réparer ce qui doit être réparé. Je le regardais et il continuait d'agiter la main. Je sais pas pourquoi mais j'ai alors décidé de l'aider. De nous aider tous les deux. S'il voulait mourir alors c'est ce qu'il aurait. Il avait rien à foutre de moi et il en aurait jamais rien eu à foutre et j'aurais préféré qu'il me déteste au lieu de faire comme si j'existais pas et à cet instant ce sentiment s'est emparé de moi avec plus de force que jamais. J'avais toujours été invisible pour lui et maintenant tout d'un coup il me voyait tandis que ses orteils tapaient sur le tabouret et qu'il manquait d'air. Je voyais pas pourquoi j'aurais dû lui prêter secours. Même si c'était ce qu'il voulait.

Le visage de Colburn avait changé. Ses traits durs à la lueur du feu et ses yeux effrontés plongés dans les flammes. Celia lui toucha les lèvres du bout des doigts pour qu'il cesse de parler mais il passa la main autour de ses doigts et les tint près de sa bouche. J'ai fait ce que j'ai fait, dit-il. Il a suffi d'un bon coup de pied pour renverser le tabouret. Et c'était fini.

32

Celia attendit qu'il ajoute quelque chose mais il en avait fini, affalé là et les yeux lourds. Le feu était en train de mourir et quelque chose poussa un cri strident dans la vallée. Elle se leva et dit viens. Rentrons. Elle tendit la main et comme il ne la saisit pas elle tira sur sa manche de chemise. Viens, Colburn. Il est tard.

« Faut que je parte, dit-il.

– Je sais. C'est ce que je dis.

– Pas de chez toi. De cet endroit. De cette ville. Faut que je foute le camp. J'aurais jamais dû revenir. »

Elle se rassit.

« Y a un truc qui cloche.

– Comment ça ?

– Dans cet endroit.

– Est-ce que tout ça s'est vraiment produit ? » demanda-t-elle, sa voix indiquant qu'elle connaissait déjà la réponse.

Il se leva de la chaise et marcha jusqu'à l'orée du kudzu. Il baissa la main et cueillit une feuille. La tint à bout de bras comme si c'était un miroir. Puis il la lâcha et se tourna vers elle.

« Viens avec moi, dit-il.

– Où ça ?

– Je sais pas. Aucune importance. T'es pas plus obligée que moi de rester ici. »

Elle se leva et s'approcha de lui. Le feu réduit à des braises et un rougeoiement sur leur peau. Comment as-tu pu ne jamais raconter ça à personne, aurait-elle voulu demander. Comment as-tu pu le garder en toi si longtemps. Quelle partie de toi le cachait. Qu'est-ce que tu vas en faire maintenant. Tu as l'air brisé et tu es brisé et tu as le droit de l'être.

« C'est chez moi.

– On n'est nulle part chez soi.

– Certaines personnes si.

– Eh bien. C'est pas chez moi. »

Celia s'écarta de lui. Retourna à la chaise et ramassa la bouteille de vin. Elle en but un peu. Écouta la nuit. But un peu plus.

« Est-ce que tu es allé à ton ancienne maison ? demanda-t-elle.

– Je t'ai dit le soir où je t'ai rencontrée que je savais pas laquelle c'était.

– Tu veux que je t'y emmène ?

– Non.

– C'est pas pour ça que tu es venu ? Pour la voir ?

– Si. Peut-être.

– Alors je peux te montrer.

– Non. »

Elle but de nouveau. Ne savait pas quoi dire. Songeant à toutes les fois où elle l'avait surpris à regarder dans le vide. Ses yeux durs et dénués d'émotion. Reviens à la réalité, disait-elle chaque fois qu'elle le surprenait. Mais elle s'apercevait maintenant que ce n'était pas si simple, qu'aux moments où il fixait le ciel ou le mur ou un point sur le sol il était de nouveau l'enfant. Il était seul dans une maison avec d'autres personnes. Il levait son pied pour taper dans le tabouret. Il quittait la remise et se rendait à la cuisine pour dire à sa mère qu'il fallait qu'elle sorte et il se tenait seul dans la cour et l'écoutait hurler tandis qu'elle pénétrait dans l'ombre et découvrait le mort. Celia revint vers lui et lui toucha le bras.

« Quand je regarde par la fenêtre de chez moi, je m'attends presque à me voir marcher sur le trottoir, dit-il. Traînant son corps derrière moi. »

Il se tenait raide et elle se demanda à quel point il ressemblait à son père. Si quelque chose avait été transféré d'une âme à l'autre ce jour-là dans l'atelier. Puis elle s'interrogea sur le fait qu'elle était là avec lui en ce moment. Se demanda si c'était comme la conversation que sa mère à elle et son père à lui avaient eue tant d'années auparavant, tandis que la main en néon bleu brillait et que l'encens brûlait et que sa mère était repoussée par la noirceur de son père. Par sa promesse de ce qui allait survenir. Pas une connerie de médium de petite ville. Pas la promesse symbolique que l'agent de recouvrement ne viendra pas ni que le mari va arrêter de boire ni que le fantôme d'une grand-mère morte rôde dans le coin, mais quelque chose de différent. À la place le client qui lui raconte sa vie d'une façon à laquelle elle n'était pas préparée. Je n'avais rien pour lui, lui avait confié sa mère des années plus tard.

Rien pour le faire dévier de son chemin. Rien pour le faire se sentir mieux. Celia posa la main sur le bras de Colburn, prise dans ce moment qui les retenait tous les deux, et elle s'imagina qu'un jour un enfant avec son sang à elle et un autre avec son sang à lui se retrouveraient au bord de cette vallée, sous la même lune et les mêmes étoiles et partageant les mêmes cauchemars. L'histoire se répétant.

Il ne réagit pas à son contact. Elle s'assit et alluma une cigarette et cala la bouteille de vin entre ses jambes. Colburn contourna le feu et il prit l'autre chaise et l'approcha d'elle. Elle lui donna une cigarette. Puis il dit pendant que je t'attendais ici je suis allé chercher ta source. Elle est toujours là. J'ai trouvé une machette dans la remise et je me suis taillé un chemin. C'est un bel endroit. Elle posa la tête sur son épaule. Il toucha une de ses boucles. Ils restèrent ainsi assis en silence, écoutant le chant des grillons. Un cri de chouette. Les deux points orange de leurs cigarettes remuant dans le noir comme des lucioles. Deux yeux les observant depuis les profondeurs de la sombre forêt.

33

Le garçon s'était installé dans la maison couverte de vigne au cœur de la vallée. Dans la pièce du fond avec la cheminée il s'était fabriqué un lit de feuilles sur lequel dormir. Dans le coin il gardait le bazar qu'il avait piqué chez Colburn en son absence et les petits morceaux de Celia qu'il dérobait quand elle regardait ailleurs. Une brosse à cheveux. Une serviette sur laquelle elle avait griffonné. Un élastique qu'elle avait tiré de son poignet et posé sur le comptoir. Il se servait du burin de Colburn pour graver des silhouettes en bâtonnets sur les murs de plâtre. Créant pour lui tenir compagnie des êtres qui ne pouvaient pas parler et n'avaient pas d'yeux. Il avait déblayé les vignes dans le couloir et entre la porte et les marches du porche. Un sentier accueillant à travers les planches gondolées.

La nuit il s'asseyait au bord de la cheminée et craquait des allumettes et brûlait de petits tas de brindilles et de feuilles. La cheminée remplie de vignes et la fumée refluant du conduit et emplissant la pièce. Une partie de lui était constamment sur le qui-vive, cherchant à repérer des bruits de pas. Il s'imaginait que les vignes allaient le protéger. Que si l'homme s'approchait de la maison ou pénétrait même dans le couloir elles l'attraperaient par les chevilles et les poignets et l'entraîneraient loin de là pendant qu'il se débattrait et crierait. Mais alors le garçon avait la sensation que c'était lui que les vignes venaient chercher. Une intrusion dans leur monde. Se glissant dans la maison et rampant le long du couloir puis s'engouffrant dans la pièce où il dormait. L'air changeant et un vent étrangement froid et les coassements et les gazouillis se taisaient et il se redressait. Agitait les mains autour de sa tête comme pour les chasser, et si ça ne fonctionnait pas il se levait et marchait jusqu'au mur et posait les mains sur les silhouettes en bâtonnets comme si elles étaient là pour le protéger, et il imaginait ses mains dans les leurs et le contact doux d'une étreinte aimante qui lui était inconnue.

D'autres nuits il sentait la présence de l'homme. Sa silhouette voûtée et noire en train de rôder. Ses pas patients faisant craquer le sol. Le claquement de ses lèvres. Ses yeux durs et l'obscurité qui l'enveloppait et ses mains couvertes de sang. Le garçon tenait le burin dans une main et un tournevis à long manche dans l'autre et il s'asseyait dans le coin avec les talons appuyés sur le plancher et le dos contre le mur comme pour essayer de se propulser dans un autre royaume. Agrippant les armes dans ses paumes moites et le souffle rendu court par la peur et les mouvements nocturnes de l'homme et le mal qu'il apportait avec lui et peut-être qu'il tirait la femme par les cheveux, son corps inerte laissant une traînée de mort. Parfois il entendait le petit garçon pleurer. Faible et impuissant au loin dans l'obscurité. Hors de portée. Le corps du garçon plein de tension et ses yeux animés dans le noir et il attendait et attendait que quelque chose lui bondisse dessus ou l'attrape puis il entendait finalement les premiers chants d'oiseaux et il savait que le matin était proche. Qu'il avait survécu. Que quand la lumière filtrerait à travers le kudzu et que le bleu terne pénétrerait dans la maison, il serait de nouveau seul.

Il retourna une fois au campement. Il prit ce qui lui appartenait dans la Cadillac et l'entassa dans le Caddie. Puis il tourna la clé et mit la voiture au point mort. Il desserra le frein à main et sauta à l'extérieur puis il regarda la Cadillac descendre la pente, gagnant suffisamment de vitesse pour écraser les broussailles et les arbres squelettiques qui soutenaient les vignes. Il regarda et écouta les craquements des branches et des feuilles tandis que le véhicule s'éloignait, puis les vignes s'affaissèrent et se refermèrent autour de la Cadillac. L'immobilisèrent. L'avalèrent. Et il sentit une partie de sa vie disparaître. Se rappelant eux quatre dans la voiture. Le petit garçon étendu en travers de ses cuisses sur la banquette arrière. L'homme conduisant et fumant et chantonnant parfois une petite chanson. La femme avec ses cheveux qui voletaient dans le vent et ses yeux toujours capables de voir un jour meilleur.

34

Colburn longeait l'autre extrémité de la vallée. Il s'arrêta lorsqu'il remarqua un rouleau de barbelé et un tas de poteaux de clôture à côté d'une boîte aux lettres. Il descendit de la camionnette. Un immense magnolia se dressait à côté de la maison à charpente de bois. Les grandes branches tremblèrent et il entendit des voix puis vit les deux garçons apparaître à travers les feuilles vertes et lisses.

« Salut, dit Colburn. Votre maman est à la maison ?

– Elle dort, répondit l'un d'eux.

– Elle a mal à la tête, dit l'autre.

– Et votre papa ?

– Ça fait longtemps qu'il est plus là.

– Oh, fit Colburn. Vous avez quel âge ?

– Dix ans, répondirent-ils en chœur.

– Assez grands pour me dire à propos de ces trucs ? demanda Colburn, et il désigna le barbelé et les poteaux de clôture.

– Qu'est-ce que vous voulez savoir ?

– Vous les jetez ?

– Je suppose, dit l'un d'eux. C'était juste la vieille clôture qui courait derrière chez nous entre la maison et les vignes.

– C'est l'oncle Billy qui l'a fabriquée, précisa l'autre.

– On dirait que c'est destiné à finir à la poubelle.

– On dirait.

– Je peux le prendre ? »

Ils se regardèrent. Haussèrent les épaules au même moment comme s'ils avaient effectué un compte à rebours.

« Oui monsieur, dit l'un d'eux.

– Dites à votre maman que je la remercie.

– Elle s'en fiche, dit l'un d'eux. Elle détestait cette vieille clôture. »

Les garçons regardèrent Colburn charger le rouleau et les poteaux à l'arrière de son pick-up et ils continuèrent de le regarder lorsqu'il s'éloigna, la main qui tenait sa cigarette pendant par la vitre.

Lorsqu'il fut parti ils retournèrent à l'arbre et escaladèrent les épaisses branches du magnolia. Après quoi ils lancèrent la balle de tennis par-dessus la corde à linge. Puis il s'arrosèrent avec le tuyau d'arrosage et quand l'un d'eux hurla l'autre dit réveille pas maman. Tu sais dans quel état ça la met. Puis ils firent la course autour de la maison, chacun gagnant deux fois et ils se contentèrent d'un match nul au lieu de faire la belle. Un épais nuage traversa le ciel et dissimula le soleil haut et ils s'éloignèrent de la maison pour aller à l'endroit où commençait le kudzu, ce dernier recouvrant un petit promontoire qu'ils pouvaient escalader en utilisant les vignes comme des cordes. Debout sur le promontoire ils regardèrent le long nuage gris pierre puis jouèrent au jeu auquel ils jouaient toujours dans le kudzu, de l'autre côté d'une colline où les azalées et les mûriers étouffés soulevaient la tapisserie verte et offraient un espace pour se déplacer en dessous. L'un gravit la colline puis s'enfonça dans les feuilles vertes et disparut pendant que l'autre attendait sur le promontoire.

« Marco, lança-t-il.

– Polo[1] », répondit l'autre sous le kudzu.

Les garçons avaient appris à ramper et à se glisser sans faire bruisser les feuilles. Sans se trahir. Des enfants indétectables dans un monde ombragé. Le premier frère s'éloigna du promontoire et appela de nouveau.

« Marco.

– Polo, lança l'autre depuis un endroit légèrement différent.

– Tu dois le dire plus fort.

– Contente-toi de jouer. »

Le jumeau gravit la colline et prit sur sa droite, dans la direction d'où il croyait que provenait la voix de son frère.

« Marco.

– Polo. »

Puis un bruissement. Un mouvement qui trahit celui qui se cachait.

« Tu ferais aussi bien d'abandonner. Je te vois. »

Le jumeau marcha vers l'endroit où les feuilles avaient bougé. Une bosse verte qui se souleva puis retomba.

« Marco », appela-t-il.

Il attendit mais il n'y eut pas de réponse. Il s'enfonça de quelques pas dans le kudzu.

« Marco. »

Un grondement sourd en provenance des nuages qui s'amoncelaient dans le ciel. Le garçon avançait en levant haut les pieds comme s'il essayait de traverser un champ boueux.

« Marco, j'ai dit. Tu triches comme d'habitude. Je vois déjà où tu es alors vas-y réponds, dit-il, et il se dirigea vers l'endroit. Marco ! hurla-t-il. Réponds-moi ou je joue plus. »

1. Le Marco Polo est une sorte de jeu de chat. (*N.d.T.*)

Le kudzu maintenant à hauteur de taille et le ciel qui virait au gris et une sensation de solitude qu'il n'avait jamais éprouvée dans sa jeune vie. Sa propre image toujours là à côté de lui.

« Allez. Arrête tes bêtises. »

Puis derrière lui un nouveau bruissement. Il tourna la tête pour regarder mais ne vit pas d'où provenait le son car ses pieds se dérobèrent sous lui et son torse et sa tête et ses bras qui battaient l'air disparurent comme s'il avait sauté dans un profond plan d'eau. Et quand sa mère fut réveillée plus tard par les bourrasques d'un orage d'après-midi, elle appela les garçons, et quand ils ne répondirent pas elle alla à la porte de derrière et regarda à travers la pluie en direction de la colline. Les appela de nouveau. La couverture verte et humide et les feuilles qui s'agitaient et un grand vide qui commençait seulement à s'ouvrir en elle.

35

Une pluie droite et continue avait commencé à tomber le lendemain de la disparition des jumeaux, les vignes devenant plus épaisses et plus vertes à chaque goutte. Myer et ses agents et des agents de comtés voisins se retrouvaient sur le parking de l'église baptiste à l'aube chaque matin et des volontaires se joignaient à eux pour former des équipes de recherches. Le shérif répartissait les hommes en plusieurs groupes et chacun approchait la vallée d'un côté différent puis ils avançaient péniblement à travers, agacés par la pluie, les chiens s'emmêlant dans les vignes et l'eau rendant les feuilles humides et brillantes et le sol sous les pieds humide et glissant.

Red Bluff était passé du statut de nulle part à celui de quelque part en seulement quelques heures. L'angoisse et le chagrin avaient réveillé la ville endormie avec des émotions qui étaient comme des coups de poing dans le ventre, et les équipes de télévision qui arrivaient et les journalistes qui posaient des questions à tous ceux qu'ils parvenaient à faire parler dans la rue et les agents et les inspecteurs qui allaient et venaient au café et au bureau de poste avec leurs chemises blanches et leurs cravates noires symbolisaient tous un message clair – nous ne serions pas ici si une tragédie n'était pas survenue. Un émoi constant parmi les habitants. Qu'est-ce qui s'est passé et comment ça s'est passé et je me demande s'ils ont découvert quelque chose et fermez votre porte à clé et surveillez vos enfants.

Ils lisaient des articles sur l'affaire dans le journal. Ils en entendaient parler à la radio. En discutaient pendant le catéchisme et au comptoir du café. Personne ne sachant rien et à mesure que les jours passaient sans réponses, des histoires commençaient à prendre forme. On suggérait qu'un grand mal rôdait dans les profondeurs de la vallée. On suggérait qu'il y avait sous le kudzu des mondes inconnus où homme, femme et enfant pouvaient disparaître. Des suggestions qui étaient descendues en flèche par ceux qui se trouvaient à proximité avec leurs gamins ou ceux qui ne voulaient pas entendre parler de surnaturel quand c'étaient de vraies mains qui avaient accompli un enlèvement bien réel et c'était ça bon Dieu qu'on devait trouver.

Myer ne pouvait pas se battre contre les vignes avec sa charpente dégingandée et son dos douloureux alors il surveillait depuis le bord de la route au-dessus de la vallée, irrité de devoir regarder des hommes plus jeunes et plus forts. Parapluie à la main il occupait toutes ses matinées à observer. Un enquêteur passait et ils discutaient ou bien un journaliste passait et Myer ne disait rien. Il faisait les cent pas autour de la voiture de patrouille et attendait qu'on l'appelle sur sa radio pour annoncer on les a. Ou on a quelque chose. N'importe quoi aurait fait l'affaire, mais il n'y avait pas d'appels. À midi les hommes ressortaient et mangeaient des sandwiches qui avaient été préparés au café pour les équipes de recherches. Il n'y avait que des bribes de conversation pendant qu'ils mangeaient puis fumaient alors que la pluie tombait sur eux et qu'ils fixaient le kudzu avec des mines un peu plus pessimistes à chaque jour qui passait. Le temps qui s'écoulait. Pas une once d'indice. La bataille contre l'enchevêtrement de vignes qui était en train d'être perdue.

L'après-midi il entamait ses propres recherches. Arpentant la campagne et s'arrêtant à des maisons ou des caravanes abandonnées. Entrant et ouvrant des placards et des réfrigérateurs et des congélateurs moisis puis rampant dessous et écartant des toiles d'araignée tout en s'éclairant avec sa lampe-torche. Appelant les jumeaux et irrité par les animaux terrés dans les vides sanitaires, leurs mouvements faisant cogner le cœur de Myer avec l'espoir que c'étaient les jumeaux et non quelque créature poilue à quatre pattes. Il ressortait puis devait se plier en deux et s'étirer avant de remonter dans la voiture et de reprendre la route. Longeant des chemins de terre maigrichons qu'il ne connaissait pas jusque-là, les arbres épais s'étirant au-dessus de la route et donnant l'impression de rouler dans un tunnel vert et ombragé. Il tombait sur des granges qui tenaient à peine debout, esquintées par le temps et les intempéries. Il escaladait et faisait le tour d'entassements de balles de foin dont les liens avaient pourri et dont le foin s'avachissait comme des bonshommes de neige en train de fondre et il repoussait d'un coup de pied des serpents et regardait dans les stalles des chevaux et grimpait dans des combles au moyen d'échelles cassées, mais il n'y avait pas de jumeaux et quand il les appelait sa voix se perdait dans ces mondes désertés.

Le soir il se tenait près de l'étang derrière sa maison, portant toujours son chapeau à large bord mitraillé par la pluie. La pluie mitraillant l'eau brune de l'étang. La pluie tapant sur son épaule tel un rappel constant de leur incapacité à retrouver les enfants. Hattie l'appelait depuis le refuge du porche de derrière. Rentre, Myer. Viens t'asseoir avec moi. Mais il faisait les cent pas autour de l'étang, le talon de ses bottes adhérant au sol meuble de la rive et la pluie continuant de tomber et les nuages étouffant la terre sous une épaisse couverture grise. Il traversait finalement le jardin et s'asseyait avec elle sur le porche. Ôtait son manteau et le secouait. Elle avait une bouteille et un verre qui l'attendaient et il se servait à boire. Elle demandait s'il y avait du neuf et parfois il inventait quelque chose pour se redonner de l'optimisme et d'autres fois il se contentait de secouer la tête. Elle le laissait et il buvait un autre petit verre puis encore un et finalement il allait à l'intérieur. Il ne dormait pas dans le lit mais s'allongeait par terre à la place. Le stress aggravait son mal de dos et le plancher était plus confortable, et il restait étendu là avec les genoux relevés, écoutant Hattie dormir et regardant la pluie dégouliner sur les fenêtres de la chambre.

36

Colburn avait été questionné à la fois par Myer et par les enquêteurs de l'État au cours des premiers jours qui avaient suivi la disparition car il avait été le dernier à voir les garçons vivants. Il avait expliqué qu'il avait aperçu le rouleau de barbelé et le tas de poteaux à côté de leur boîte aux lettres. Il avait expliqué qu'ils étaient descendus du magnolia, juste deux garçons faisant ce que font deux garçons en fin d'après-midi. Non je n'ai vu personne d'autre. Non je n'ai pas vu la mère. Non je n'ai vu personne sur la route. Non ils n'avaient pas un comportement étrange. J'ai chargé et je les ai laissés là et c'est tout. Après quoi ils l'avaient questionné sur ses mains contusionnées et éraflées et il avait expliqué qu'elles étaient comme ça à cause de son travail avec le métal et du fait qu'il fouillait dans des tas de ferraille. Il avait expliqué l'état de ses mains et deux jours plus tard il avait dû l'expliquer de nouveau à un autre enquêteur, puis on ne lui avait plus posé de questions, mais il se retrouvait avec une étiquette sur le dos dont il ne voulait pas.

Le dernier à les avoir vus vivants.

Cette phrase lui restait à l'esprit comme le fragment de quelque horrible poème et il s'était mis à la répéter mentalement au rythme de son pas quand il marchait. À la répéter quand il tapait avec le marteau à panne ronde pour aplatir ou recourber le métal et l'acier. Le dernier à les avoir vus vivants. Combien de fois dans sa foutue vie, se demandait-il. Parfois il la murmurait tandis qu'il roulait à travers la campagne. Parfois il se la disait dans le miroir après s'être brossé les dents. Il avait commencé à sentir les yeux des habitants de la ville sur lui quand il marchait dans la rue ou s'asseyait dans le bar. Pas à cause de ce que son père avait fait ni des histoires qui avaient été échafaudées à propos de sa famille. Mais parce qu'ils savaient tous qu'il avait été le dernier à avoir vu les jumeaux vivants, et tard le soir avant de s'endormir il devait lutter contre la culpabilité qui s'insinuait en lui, l'étrange sentiment d'avoir d'une manière ou d'une autre été complice.

Lorsque la pluie cessa il se tenait au bord de la vallée derrière la maison de Celia. Deux semaines écoulées depuis qu'il avait parlé aux jumeaux dans leur cour. C'était le milieu de l'après-midi. La lumière du soleil commença à filtrer à travers les nuages qui s'estompaient et l'air devint épais et lourd. En quelques minutes de la vapeur apparut, s'insinuant entre les feuilles, de fines volutes qui s'élevèrent et formèrent un nuage qui flotta au-dessus de la terre silencieuse.

Je ne crois pas aux fantômes, murmura-t-il. Après quoi il fit un pas en direction de sa camionnette et crut entendre un chuchotement. *Viens.* Il s'arrêta et pivota sur lui-même comme pour se surprendre en plein acte d'automanipulation, mais il n'y avait que la brume. Les rais de lumière transperçant les nuages. Et une vallée rendue plus profonde et plus forte par la bénédiction de la pluie.

37

Le garçon avait remarqué qu'il se passait quelque chose et il tentait de rester à l'écart de la vallée. Il ne descendait plus à la maison recouverte avant tard le soir et il dormait à peine et repartait avant le gris du matin, quand il entendait les jappements des chiens comme une sorte d'alarme canine. Il avait trouvé un endroit où se cacher sur un promontoire qui s'élevait au-dessus de la maison des jumeaux. Il s'asseyait derrière le rideau de vignes qui tombait de l'arête et espionnait les hommes qui allaient et venaient dans la maison. Il avait reconnu Myer et il avait reconnu Colburn lorsqu'ils s'étaient à plusieurs reprises tenus près de la boîte aux lettres avec d'autres hommes et Colburn avait pointé le doigt et expliqué.

Il était presque endormi sur le promontoire le soir où le bus de l'église s'arrêta sur la route devant la maison des jumeaux. Une grande quantité de gaz d'échappement quand le moteur fut coupé puis la porte pliante s'ouvrit et une foule d'hommes et de femmes et d'enfants contourna en une file irrégulière la maison et traversa le jardin pour s'arrêter au bord de la vallée. Forma un demi-cercle. Une femme circula avec une boîte dont chacun tira une bougie. Puis un homme en robe blanche fit face à la vallée et leva les mains et leva la voix et, comme si Dame Nature prêtait attention, la pluie commença à diminuer puis cessa. L'homme en robe alluma une bougie à une extrémité du demi-cercle et un à un ils se passèrent la flamme jusqu'à ce que la lueur des bougies crée un faible croissant de lumière. Il y eut un moment de silence tandis que l'homme en robe agitait la main au-dessus de la tête de chacun et lorsqu'il eut fini ils se mirent à chanter. Leurs voix révérencieuses et angéliques. Une douce prière à travers la vallée pour la sécurité et le retour des disparus. Ils chantèrent et les femmes tinrent la main des enfants et l'homme en robe blanche s'agenouilla à l'orée du kudzu, mains jointes et tête baissée, et les voix se mirent à entonner un chant solennel. Plein de bonté et de douleur.

Le garçon était assis jambes croisées mais quand ils se mirent à chanter il se leva. Ému par leur tendresse. Ému par leur supplication et par la lueur des bougies et par les enfants qui prenaient part au chagrin. Le garçon s'avança vers le bord du promontoire et quand l'homme en robe blanche se redressa et leva les mains au-dessus de sa tête il fit pareil. Levant lentement les mains vers le ciel nocturne et bougeant les doigts comme pour attraper une chose juste hors de portée, puis de sa voix ancienne il tenta de fredonner le cantique et à cet instant de communion il regarda en direction de la maison et vit le pick-up et Colburn qui se tenait dans la cour. Solitaire et dans l'ombre. Bras croisés et les observant. Le garçon baissa les bras et se mit à les agiter d'un côté à l'autre, comme si ce mouvement allait pousser Colburn vers le rassemblement. Ils chantaient et priaient et les bougies brûlaient mais Colburn demeurait à l'écart et quand ils eurent fini ils soufflèrent leurs bougies et les posèrent par terre puis ils retournèrent vers le bus. Colburn toujours là mais aucun d'entre eux ne lui parlant ni ne le regardant à l'exception d'une petite fille qui le salua d'un geste de la main.

Une fois le bus reparti, Colburn s'en alla. Le garçon redescendit du promontoire et traversa difficilement le kudzu jusqu'au jardin. Il ramassa une bougie qui avait été plantée dans le sol tel un vestige de flambeau. Il tira une boîte d'allumettes de sa poche et alluma la mèche, après quoi il se tint là avec la flamme solitaire comme s'il pouvait lui-même être ce qui les sauverait de cette souffrance.

38

Ils étaient allongés ensemble dans le lit de Celia. Le milieu de la nuit. Une brise par la fenêtre ouverte et au loin le sifflet d'un train qui produisit un écho dans l'obscurité. Colburn s'était réveillé. Croyant entendre son nom. Puis il se rappela où il était et ses yeux s'accoutumèrent à la pénombre. Il était allongé sur le dos. Les yeux grands ouverts. Celia lui tournait le dos et il posa la main sur la courbe de sa hanche. Sentit sa respiration.

Il ôta la main de sa hanche et se redressa. Quand il se réveillait la nuit il ne pouvait jamais se rendormir et il se demanda combien de temps il restait avant le matin. Si l'aube était suffisamment proche pour préparer du café et s'asseoir sur le porche et attendre le lever du soleil ou s'il lui restait trois heures à souffrir. Des heures à patienter dans le noir et à envier ceux qui dormaient. Le réveil était sur la table de chevet de Celia mais il ne voulait pas regarder. Il la sentait. La longue obscurité qui l'attendait.

Il se rallongea. Et alors elle murmura. Le surprenant.

« Tu as déjà été marié ?

– Non. Et toi ?

– Est-ce que tu as un enfant quelque part ?

– Non.

– Est-ce que tu as quelqu'un quelque part ?

– Non. »

Elle se retourna et lui fit face. Les mains sous sa tête sur l'oreiller. Le drap tombé de son corps et le clair de lune effleurant la peau de ses épaules. Il attendit qu'elle dise quelque chose mais elle ne le fit pas et quand il la regarda, elle avait les yeux fermés. Il se demanda si elle lui avait parlé dans un rêve ou si c'était même à lui qu'elle avait parlé ou s'il y avait derrière ses yeux une autre personne à qui elle avait besoin de poser ces questions.

Il prenait soin de ne pas bouger. Celia se remit à respirer en rythme et elle semblait profondément plongée dans le monde des rêves et il aurait voulu y être avec elle. Pensant que ses rêves contrairement aux siens étaient protégés. Elle lui parla dans un murmure et il se mit à lui murmurer en retour. Les yeux rivés au plafond. Je sens quelque chose qui s'installe, dit-il. Je ne sais pas quoi. Je me suis toujours demandé si une personne comme toi existait. Quelqu'un avec qui simplement être. Mais j'aimerais qu'on s'enfuie. Celia bougea. Une main glissant de sous sa tête et se décalant vers le côté. Il ne la regardait pas car il craignait qu'elle ait les yeux ouverts et il voulait terminer. Je ne veux pas rester ici, murmura-t-il. Il y a quelque chose qui ne tourne pas rond. J'ai entendu la voix. Celle dont tu m'as parlé. Je l'ai entendue. Et j'ai vu la chambre de ta mère. Les cartons à moitié pleins. Les vêtements balancés au hasard. Tu es inachevée. Nous sommes tous les deux inachevés. Je veux partir mais pas seul. Je ne veux pas m'en aller et m'interroger à ton sujet. C'est tout ce que j'ai toujours fait, m'interroger au sujet des autres. Je ne veux pas que tu sois une de ces questions. Je n'ai pas pu m'empêcher de venir ici. J'ai vu le nom de la ville dans le journal et je n'ai pas pu m'en empêcher. Je ne pensais pas qu'il y avait des raisons d'avoir peur. Mais je me trompais. Il continua de murmurer pendant les dernières heures de la nuit. Partageant ce moment dans l'obscurité avec une autre personne. Allégeant son fardeau. À l'aise sous le linceul de la nuit. Celia respirait fort. Perdue pour ce monde, pensa-t-il. Et pendant tout ce temps elle était restée allongée là en songeant, je partirai si tu me le redemandes à la lumière du jour. Je partirai avec toi.

39

Ça avait presque été un jeu. Merder et voir à quelle vitesse la nouvelle arriverait jusque chez lui. Merder et voir si elle l'attendrait sur le porche quand il rentrerait. Merder et voir si la porte de la chambre serait fermée à clé. Mais le jour où Dixon avait éjecté Colburn du tabouret rien de tout ça ne s'était produit. Il avait suivi sa routine, quittant le bar et errant en voiture jusqu'à tard le soir puis rentrant chez lui. Pas de lumières allumées dans le salon. Il était entré et elle n'était pas là. Il s'était rendu à la chambre et la porte était ouverte et il avait attendu que Sadie dise quelque chose mais elle ne l'avait pas fait. Il s'était mis en caleçon, tentant de ne pas faire de bruit. Tentant de se glisser dans le lit sans la réveiller. S'allongeant et tirant le drap sur sa poitrine, et alors elle avait tendu la main et saisi le drap et l'avait écarté de lui. Glissant les mains dans son caleçon et abaissant celui-ci le long de ses jambes puis le lui ôtant. Elle était nue et lui avait grimpé dessus. L'avait chevauché. S'était penchée et avait placé sa bouche sur la sienne et leurs corps qui avaient si longtemps été étrangers l'un à l'autre avaient retrouvé de la familiarité dans le noir. Agressifs l'un avec l'autre et luttant l'un contre l'autre et transpirant dans la nuit profonde et humide. Chacun s'écroulant de son côté du lit lorsque ça avait été fini, et ils avaient tous deux dormi d'un sommeil paisible.

Le lendemain après avoir quitté le travail il avait roulé jusqu'au bar mais ne s'était pas arrêté. À la place il avait acheté un pack de bières à la station-service puis était rentré chez lui et avait tiré deux steaks du congélateur. Il avait bouché l'évier et fait couler de l'eau chaude puis il avait placé la viande dedans pour qu'elle décongèle. Quand Sadie était rentrée une heure plus tard elle l'avait trouvé dans le jardin assis au soleil en train de siroter une bière. Il lui avait dit d'en prendre une et de se joindre à lui. Ce qu'elle avait fait. Ils avaient continué de boire pendant qu'il allumait le feu et faisait griller les steaks. Des nuages traversaient le ciel dans la brise du soir et le ronron de la tondeuse à gazon d'un voisin emplissait le silence. Ils avaient mangé dehors, terminé les steaks alors que le crépuscule s'estompait, puis ils étaient retournés dans la chambre et avaient fait la même chose que la veille. Arrachant le drap-housse du matelas et renversant une lampe sur la table de chevet dans l'exaltation de la redécouverte.

Et alors les jumeaux avaient disparu. Dixon se rendait sur le parking de l'église tous les matins quand les volontaires étaient répartis en équipes et il levait toujours la main pour aller dans la vallée car il savait que les recherches seraient très compliquées. Il savait qu'il faudrait se battre contre la vigne et progresser difficilement en baissant la tête et ainsi de suite mais il voulait en être. Il voulait être là quand les jumeaux seraient retrouvés. Il voulait rentrer chez lui comme un homme et dire on a réussi parce que c'était ainsi qu'il commençait à se sentir de nouveau. Il arrivait chaque matin plein d'espoir. Et il rentrait chaque soir brisé par la déception. Encore une journée écoulée et encore une nuit à passer et ils n'avaient rien trouvé. Et il s'attendait à ce que l'anxiété qui s'était emparée de la ville les renvoie Sadie et lui à la vieille version fatiguée de leur couple, mais elle continuait.

L'attrapant dans la cuisine quand il revenait des recherches et frottant les éraflures sur ses mains et ses bras puis lui ôtant son tee-shirt taché de sueur et le poussant vers la chambre, et parfois ils n'atteignaient pas la chambre mais le faisaient sur le canapé ou dans le couloir ou partout où c'était possible. Quand ils avaient fini ils parlaient de la journée qu'il avait passée dans la vallée. Parlaient des jumeaux. Allongés ensemble dans la chambre. Sur les couvertures. Se passant un verre de thé. Puis s'endormant avec leurs jambes qui se touchaient.

Il pensait à elle quand il était dans les vignes. Il pensait à elle les jours où les recherches étaient interrompues, quand il retournait au bureau et regardait les heures s'égrener. Il pensait à elle quand il passait au bar pour voir Celia. Il se demandait s'il ratait quelque chose.

Dixon était assis jambes croisées sur son siège inclinable dans le salon avant d'aller au travail, parcourant le journal de la veille. Sadie entra en traînant des pieds dans la cuisine, habillée de chaussons et d'un peignoir, et elle servit deux tasses de café. Après quoi elle les porta dans le salon. Elle posa les tasses sur la table à côté du siège inclinable puis s'assit au bout du canapé. Les rideaux fins laissaient filtrer la lumière du matin et ses yeux verts étaient fixés sur l'ondulation à la surface du café.

Dixon replia le journal et le laissa tomber par terre. Il s'étira. Souleva la tasse de café. Il lui sourit mais elle ne lui retourna pas son sourire. Elle avait une serviette enroulée autour de la tête qu'elle retira après avoir posé la tasse. Elle repoussa ses cheveux humides à deux mains, d'épaisses mèches châtain emmêlées les unes aux autres comme des lanières de fouet. Elle croisa les jambes et son peignoir s'entrouvrit, révélant ses cuisses, et il lui lança un coup d'œil carnassier tout en buvant sa première gorgée. Elle le regarda et décroisa les jambes et les laissa un moment écartées, les yeux de Dixon fixés sur l'espace entre ses cuisses, et il resta immobile avec la tasse à ses lèvres jusqu'à ce qu'elle bouge sur le canapé et replace le peignoir en travers de ses jambes.

« Tu sais que je sais », dit-elle.

Il souffla sur le café. Se pencha en arrière sur le siège inclinable.

« Tu sais que je sais, répéta-t-elle.

– Tu sais quoi ?

– J'attends juste que tu l'admettes.

– Je suis ici avec toi, Sadie.

– Avant tout ça.

– J'ai rien fait.

– Avant, Dixon.

– Avant quoi ? »

Il secoua la tête comme s'il capitulait face à une énigme. But une gorgée de café.

« Pam était là-bas », dit-elle.

Il regarda par la fenêtre. Sadie croisa les bras. Il n'avait jamais été un grand parleur et ne le serait jamais. Elle se demandait s'il aurait émis le moindre son si elle ne lui avait pas posé de questions, et durant les mois et les années où ils s'étaient éloignés l'un de l'autre elle avait tenté l'expérience pendant leur café du matin. Assise là en silence, attendant qu'il soit le premier à parler. Le premier à dire bonjour ou faut que j'aille au boulot ou j'ai mal à la tête ou est-ce que tu as bien dormi ou quelque chose. Mais elle attendait et attendait et il restait juste assis là jusqu'à ce qu'elle lui pose une question et alors il répondait et peut-être qu'une bribe de conversation s'ensuivait, après quoi il se levait et posait sa tasse dans l'évier en se dirigeant vers la porte.

S'ils n'avaient pas passé l'essentiel des soirées de leur première année ensemble dans un bar elle aurait compris plus tôt qu'il ne parlerait pas à moins d'avoir un verre et une lumière d'ambiance et une cigarette allumée, mais elle ne s'était rendu compte de rien et ils en étaient là. Seize ans plus tard. À peine vingt ans quand ils s'étaient mariés et désormais des personnes différentes qui vivaient ensemble et deux voitures et une maison qui avait besoin d'un nouveau toit et une tondeuse à gazon qui démarrait seulement occasionnellement. Et des souvenirs dont ni l'un ni l'autre ne voulait parler.

Quand Pam avait appelé quelques semaines plus tôt pour lui dire qu'elle avait vu Dixon éjecter Colburn du tabouret, Sadie avait été heureuse d'avoir un sujet de conversation. Quelque chose d'important à dire. Une potentielle dispute. Mais elle avait opté pour une autre stratégie et au lieu d'attendre dans le salon avec la mine sévère elle s'était déshabillée et couchée. Et maintenant un mois plus tard elle était prête à mettre un terme à la partie de sa vie qui la maintenait dans l'incertitude.

Estimant l'avoir emmené assez loin au cours de leurs semaines d'ébats amoureux et de camaraderie.

« Je veux que tu t'excuses », dit-elle.

Il leva les yeux vers elle.

« Aujourd'hui, ajouta-t-elle. Après le boulot. Cet homme ne t'a rien fait. »

Dixon toussa. S'agita sur le siège inclinable. Et alors il dit je sais pas où il habite et même si je le savais hors de question que j'aille m'excuser. Il est pas blessé.

« C'est un miracle, dit-elle.

– Quoi ?

– Que tu saches maintenant de quoi je parle.

– J'ai jamais dit que je le savais pas.

– Tu vas le trouver et t'excuser.

– Non.

– Oh si. Tu vas le faire. Et tu veux savoir pourquoi ?

– J'ai pas besoin de savoir pourquoi parce que je vais pas le faire.

– Si.

– Je sais même pas où il habite.

– Si tu le sais. Il est dans ce bâtiment avec les grandes fenêtres où tout le monde le voit.

– Je le ferai quand même pas. »

Elle décroisa les bras et souleva ses pieds de la table basse et se leva. Elle se posta devant lui. Ouvrit son peignoir et le laissa tomber de ses épaules et elle resta là en culotte et soutien-gorge. Il regarda son nombril et alors elle plaça les doigts sous le menton de Dixon et le souleva. Sa tête bascula en arrière et leurs regards se croisèrent.

« Ça t'a plu ce qu'on a fait récemment ?

– Oui.

– Tu aimes l'ambiance que ça a créée ici ? Comme si on était de nouveau des gens normaux ? »

Il acquiesça.

« Tu n'as pas besoin de m'aimer, dit-elle. Ou même si tu m'aimes, tu n'as pas besoin de m'aimer autant que tu l'aimes elle. Je t'ai observé pendant que tu la regardais au bar jusqu'à ce que je n'en puisse plus, et alors je t'ai laissé y aller seul, consciente des rêves qui tournaient en rond dans ta tête. Mais tu ne me feras plus passer pour une idiote. Tu ne te battras pas pour elle et tu ne parleras plus d'elle. Avec qui que ce soit. »

Elle lui lâcha le menton. Baissa le bras et lui saisit les mains et lui ouvrit les paumes. Les passa sur ses jambes. Sur son ventre.

Et alors elle les plaça sur ses fesses et les maintint là et dit parce que si jamais tu me refais ce coup ce sera la dernière fois que tes mains me toucheront ici ou ailleurs. Je trouverai ce dont j'ai besoin avec un autre et alors ce sera toi l'idiot. Donc quand tu quitteras le travail aujourd'hui, ne rentre pas à la maison. Va le trouver. Tu sais où il est. Tu t'excuses et elle tu l'oublies. Et alors on pourra continuer à vivre.

40

La clochette au-dessus de la porte tinta lorsque Sadie déverrouilla le salon de beauté et pénétra à l'intérieur. Elle ferma la porte à clé derrière elle puis traversa le carrelage à damier noir et blanc et se laissa tomber dans l'un des deux fauteuils rembourrés. Elle leva le pied et poussa sur le comptoir et la chaise pivota et elle se retrouva face à l'autre côté du salon. Le mur était recouvert d'une peinture représentant Main Street. Avec un chien errant et des mères et des enfants et un homme appuyé à un réverbère.

Elle retraversa la pièce et redressa les magazines sur la petite table de la zone d'attente. Après quoi elle se rendit dans le couloir et ouvrit un placard dont elle tira un chevalet et une toile et un seau rempli de tubes de peinture et de pinceaux. Elle porta le tout au milieu du salon et plaça le chevalet près de la peinture murale puis posa le seau par terre. Elle ferma ensuite les volets des fenêtres à l'avant et s'assura que la pancarte disait « FERMÉ ».

La peinture murale avait été exécutée par un trio d'étudiants en art que la ville avait engagés pour redonner une nouvelle vie aux bâtiments. Des tournesols ornaient le mur de briques à l'extérieur du pressing au bout du pâté de maisons. Une lune et des étoiles s'étiraient le long du bar. Au-dessus de l'auvent du café une volée d'oiseaux aux ailes noires traversait des nuages cotonneux. Elle se tenait à proximité quand les étudiants avaient travaillé dans le salon, observant la façon dont les pinceaux bougeaient et comment ils créaient la perspective et comment ils mélangeaient les couleurs. Ce n'est pas si différent de ce que vous faites lui avait dit l'un d'eux. Vous créez. Vous avez de l'imagination. Sinon personne n'aurait le courage de venir se faire couper les cheveux ici. Une fois la peinture murale achevée, elle pensait en avoir vu assez pour tenter elle-même sa chance. Comme il n'y avait pas de magasin de beaux-arts à Red Bluff elle avait fermé le salon un jour et roulé jusqu'à Memphis pour acheter un chevalet et une pile de toiles. De la peinture et des pinceaux et des livres d'art. Elle avait essayé puis abandonné quand elle avait compris que ce n'était pas si facile.

Elle fixa une toile noire au chevalet. L'observa et se revit assise dans la taverne située dans la rue du magasin de beaux-arts. Une fin d'après-midi. Deux sacs de fournitures par terre au pied de son tabouret et le lent roulement d'une guitare blues dans les haut-parleurs au-dessus du bar. Une bouteille de bière vide devant elle et elle avait fait signe qu'on lui en apporte une autre et alors la porte de la taverne s'était ouverte et deux hommes avaient traversé la pièce et s'étaient assis à sa gauche au coin du comptoir. Le serveur lui avait apporté une autre bière puis était allé voir les hommes, et avant d'attraper sa bière elle avait ôté son alliance. Ça avait été un geste impulsif et elle avait jeté un rapide coup d'œil dans le miroir derrière le bar. S'interrogeant elle-même du regard entre les bouteilles d'alcool. Mais tu n'as encore rien fait, avait-elle répondu avant de glisser la bague dans sa poche de pantalon. Après quoi elle avait défait un bouton supplémentaire à sa chemise pendant que les hommes et le serveur discutaient, et tandis que le serveur versait du bourbon sur des glaçons elle en avait déboutonné un autre. Jeté un regard vers le bas et vu la courbe de sa poitrine, et alors que le serveur posait les boissons devant les hommes elle avait cambré le dos et rejeté la tête en arrière, ses yeux fixés sur le plafond. Ses bras retombaient contre ses flancs et elle s'était étirée et avait écouté la musique et senti l'obscurité de la taverne l'envelopper, et quand elle avait de nouveau regardé devant elle, les hommes et le serveur l'observaient. Reluquant la peau de sa gorge et de sa poitrine. Elle avait alors fait tournoyer la bouteille entre ses doigts en attendant de voir si l'un d'eux viendrait lui parler car il n'y avait rien qui l'attendait à la maison.

Un coup frappé à la porte turquoise l'interrompit.

Une femme aux cheveux gris désignait sa montre du doigt.

« Pas maintenant », dit Sadie.

La femme continua de pointer le doigt puis dit quelque chose que Sadie n'entendit pas à travers la vitre. Elle retourna au placard et attrapa un drap roulé en boule sur l'étagère puis elle marcha jusqu'à la porte, la déverrouilla et dit à la femme je suis malade et vous allez devoir repousser votre rendez-vous, après quoi elle coinça le haut du drap sur la porte et la referma. Le drap éclaboussé de peinture couvrait la vitre de la porte et de l'autre côté la femme continua de se plaindre pendant une minute avant de capituler.

Elle retourna à la toile mais son esprit n'était plus dans la taverne. Elle n'était pas à Memphis. Elle était ici dans cette ville et elle éprouva le poids du chagrin et l'appréhension qu'ils ressentaient tous. Aucune réponse concernant les disparus, des histoires chaque jour plus invraisemblables et un soupçon sous-jacent à l'égard de tout et tout le monde. Elle tira un pinceau du seau et traça avec les poils secs les ondulations d'une colline.

Elle voyait les vignes sillonner et épaissir et pénétrer la vallée et aurait voulu plonger la main dans la toile et arracher la réponse à la végétation.

Elle ne croyait pas une seconde que Dixon irait voir Colburn pour s'excuser. Il l'avait déjà quittée. Nous nous sommes quittés, pensa-t-elle. Je nous ai rapprochés un bref instant mais tu as vu comment il a réagi quand tu lui as demandé de s'excuser. Si seulement il s'était contenté d'acquiescer. Quelque chose de simple. Il n'a jamais vraiment été là de toute manière. Et peut-être que moi non plus. C'est difficile de se rappeler comment c'était d'être si jeunes. Difficile de se souvenir de quoi que ce soit avant le bébé. Il ne s'excusera pas et il a toute la journée pour trouver une excuse bidon pour se justifier.

41

Je l'aime, pensa Dixon. Je ne sais pas pourquoi elle n'arrive pas à se le mettre dans la tête. Je l'ai épousée et j'ai tout fait pour avoir des gosses avec elle et je l'emmène en Floride une fois par an et qu'est-ce que je suis censé faire d'autre.

Il s'assit derrière son bureau et en tapota le bord avec le bout d'un crayon. Tentant de décider s'il allait mentir et dire qu'il s'était excusé auprès de Colburn ou s'il s'excuserait réellement, mais dans un cas comme dans l'autre elle avait gagné.

Peut-être qu'elle ne sait simplement pas ce qu'est l'amour, songea-t-il.

La seule chose dont il était certain, c'était qu'il n'aimait pas l'idée de ne plus jamais pouvoir poser les mains sur Sadie. L'image de son corps devant lui, elle lui tenant les mains sur ses fesses tandis qu'il la regardait par-dessus sa poitrine, plongeant son regard dans ses yeux qui promettaient sérieusement de le priver de chair s'il n'arrêtait pas de se comporter comme un animal transi d'amour. Cette image lui était restée à l'esprit toute la journée pendant qu'il ignorait la sonnerie du téléphone et la paperasse.

Je savais que c'était trop beau pour être vrai.

Il jeta son crayon contre le mur et s'écarta du bureau. Il était à présent debout, les mains sur les hanches, tournant en rond autour du bureau en inspirant entre ses dents, et au troisième tour il remarqua que la secrétaire le regardait par la vitre de la porte alors il alla baisser le store.

Au cours des deux dernières années, après avoir conduit les grosses machines Dixon en était venu à les vendre, et il n'aimait pas du tout ça. Mais Sadie avait quasiment explosé de joie quand il lui avait annoncé que son patron voulait l'éloigner des chantiers et lui donner une chance de vraiment gagner de l'argent en vendant ces engins au lieu de les conduire. Alors il avait accepté quand il aurait voulu refuser. Il aurait voulu dire je suis mieux dehors assis dans un bulldozer ou à manœuvrer une pelleteuse ou à conduire une niveleuse. Je suis bon à ce que je fais et j'aime quand les hommes sont là à acquiescer parce qu'ils savent quand quelqu'un manie ces engins convenablement. J'aime le soleil et le froid ne me dérange pas et la chaleur non plus, et j'aime descendre du siège pour fumer une cigarette en admirant mon boulot. Je me fous de l'argent, aurait-il voulu dire. Laissez-moi juste continuer de faire ce que je fais. Mais Sadie avait esquissé de petits bonds autour de la cuisine puis elle lui avait attrapé le bras et l'avait entraîné dans la chambre où elle lui avait grimpé dessus en poussant des cris et en souriant et il avait dit oui. J'accepte et merci pour l'opportunité. Et le lendemain elle l'avait emmené faire des courses et avait quasiment vidé leur compte en banque en achetant des chemises et des cravates et des pantalons plissés. Des chaussettes et un blazer bleu marine. Une ceinture noire et une ceinture marron et un nouveau portefeuille parce que l'ancien avait les bords effilochés et tu ne dois pas laisser les gens te voir avec un portefeuille miteux. Tu vas aussi devoir te raser tous les matins avait-elle dit et ils avaient acheté de nouveaux rasoirs et une crème à raser qui avait une odeur de fleurs et une bouteille d'eau de Cologne qui lui faisait monter les larmes aux yeux. Quand il était arrivé au bureau pour la première fois, la secrétaire ne l'avait pas reconnu avec ses cheveux séparés par une raie et son visage rasé de frais alors qu'elle lui donnait son chèque un vendredi sur deux depuis dix ans. Elle lui avait demandé s'il avait besoin d'aide avant de se rendre compte que c'était Dixon et il avait répondu vous avez sacrément raison, j'en ai besoin.

Il se rassit dans son fauteuil. Desserra sa ceinture et déboutonna son pantalon. Il était désormais trop serré. De même que son col. Il se pencha en arrière et se passa les mains sur le visage et le cou. Appuya sur sa gorge. Puis il ouvrit un tiroir et en sortit un paquet de cigarettes et des allumettes. Le téléphone sonna et il attrapa le câble et l'arracha de la prise. Il alluma une cigarette et la secrétaire frappa à la porte.

« Quoi ?

– Pourquoi vous ne répondez pas au téléphone ?

– Je ne l'ai pas entendu sonner.

– Alors ouvrez les oreilles.

– C'est ce que je fais.

– Faites pas le malin.

– Qu'est-ce que vous voulez ?

– Je veux que vous répondiez au téléphone quand je vous transfère un appel parce que sinon il me revient.

– Désolé.

– Alors répondez.

– Je ne peux pas.

– Pourquoi ?

– Il est bousillé.

– Vous faites quoi exactement là-dedans à part fumer ?

– Je m'apprête à partir. Prenez un message si quelqu'un appelle.

– Je suppose que je n'ai pas le choix », dit-elle, puis un soupir.

Il fuma et regarda l'horloge. Il était 14 h 30. Il ouvrit alors le tiroir du bureau et enfonça la main dedans et en sortit le sous-verre sur lequel Celia avait griffonné *Joyeux anniversaire* par-dessus le logo Budweiser. Le sous-verre qu'elle avait utilisé pour la bière qu'elle lui avait offerte le jour de ses trente ans. Parce que ça va être la plus belle décennie de ta vie, avait-elle dit. Conneries, avait-il pensé. Et il se revit assis avec elle sur le hayon il y avait si longtemps de ça. Regardant la lune. Quelques jours avant la fin du lycée. Et il avait trouvé le courage de dire ce qu'il voulait lui dire. Je t'aime et je t'aimerai probablement toujours. J'ai juste besoin que tu le saches. Un tremblement dans sa voix et un tremblement dans ses mains. Ça avait commencé à faire encore plus mal de le garder pour lui, et avec la nuit et la lune et la radio qui diffusait un slow, il s'était confessé. Elle était restée une minute silencieuse avant de s'éloigner dans un champ puis de revenir. Elle s'était arrêtée devant lui et avait dit tu sais que je t'aime aussi. Mais pas comme ça. Peut-être qu'un jour ça changera. De la sagesse et de la tendresse dans sa voix et pas ce qu'il voulait entendre, mais ce à quoi il s'attendait. Elle lui avait néanmoins accidentellement donné de l'espoir. Peut-être qu'un jour ça changera.

Tandis qu'il tenait le sous-verre il ressentit de nouveau le frisson de cette nuit où il avait été courageux. Quand les jumeaux avaient disparu et qu'il n'y avait pas de réponses et que l'angoisse était visible dans les yeux des habitants à l'église ou au coin des rues, il n'avait pu s'empêcher de suggérer qu'il n'y avait qu'une chose qui avait changé dans cette ville. Vous savez quoi ? Ce soudeur qui a emménagé dans Main Street. Celui qui vivait ici il y a longtemps. Celui dont le père est devenu dingue. Il a débarqué et regardez ce qui s'est passé juste après. Je sais qu'ils l'ont interrogé mais ça veut rien dire. Vous savez qu'il a été le dernier à les voir vivants. Il l'a admis. Voilà ce qu'il suggérait à quiconque voulait l'entendre. Quand il sirotait un café dans la salle de repos le matin au travail. Quand il buvait une bière au bar. Quand il faisait la queue au bureau de poste. Quand il parlait par-dessus la clôture avec le voisin. Voilà ce qu'il suggérait et certains l'écoutaient. Parce qu'ils avaient tous besoin de trouver un responsable.

Il remit le sous-verre à sa place et referma le tiroir.

« Colburn », marmonna-t-il.

Il éteignit la cigarette dans le cendrier sur son bureau. Il se leva et boutonna son pantalon et resserra sa ceinture. Ses clés et son portefeuille étaient posés sur le meuble de rangement à côté de la porte et il les attrapa et ouvrit la porte du bureau et sortit, ignorant la secrétaire qui lui conseilla d'aller faire un tour histoire d'être de meilleure humeur quand vous reviendrez demain.

42

Pendant le trajet jusqu'au bar Dixon avait essayé de trouver la manière la plus efficace de s'excuser sans passer pour une lavette. Il avait opté pour quatre mots. Je le pensais pas. C'était à la fois rapide et vague et suffisamment spécifique. Et il se répétait cette phrase lorsqu'il franchit la porte. Je le pensais pas. Il voulait la prononcer et en finir.

Le garçon était là et il leva les yeux quand Dixon entra. Cessa de mâcher un instant. Puis il s'essuya la bouche avec une serviette comme Celia lui avait appris à le faire. Dixon s'assit et elle arriva par les portes battantes entre les étagères de bouteilles d'alcool derrière le comptoir. Elle posa un verre de thé devant le garçon et celui-ci se remit à manger. Colburn se tenait au fond près de la table de billard, tenant une queue. Il croisa le regard de Dixon puis se retourna pour jouer.

« Qu'est-ce que tu fais ? demanda Celia.

– Rien. »

Elle lui parlait en lui tournant le dos. Elle portait une robe d'été jaune avec de fines lanières en travers des épaules. Dixon l'admira. Regarda son mollet et une épaisse cicatrice qui datait d'une journée dans les bois quand ils étaient gamins. Celia glissant d'un talus et se coupant l'arrière de la jambe sur un rocher acéré. Il voulait lui demander si elle se souvenait de cette journée. Si elle se souvenait qu'elle avait essayé de ne pas pleurer et lui avait tenu la main tandis qu'elle sortait du bois en boitant. La question avait presque franchi ses lèvres lorsqu'elle se tourna vers lui, pas avec les yeux de l'enfance, mais avec une expression impatiente.

« Tu as démissionné ?

– Non.

– Tu t'es fait virer ?

– Si seulement.

– Il est tôt.

– Je sais.

– Alors qu'est-ce que tu fais ? répéta-t-elle.

– Du calme. Je suis venu pour être tranquille.

– T'as intérêt à l'être.

– Je peux avoir une bière ? »

Elle enfonça la main dans le réfrigérateur. En tira une bouteille et la lui glissa.

Le garçon termina de manger et but le thé. Il s'essuya de nouveau la bouche et Celia désigna la fourchette et le couteau propres à côté de la boîte en polystyrène. Tu es censé t'en servir. Je t'ai dit que ça ne te tuerait pas. Il se racla la gorge. Souleva un sac poubelle rempli de boîtes en aluminium et dit merci avant de caler le sac sur son épaule et de sortir. Celia attrapa les serviettes et la boîte et les jeta à la poubelle. Puis elle débarrassa les couverts et dit pas la peine de les laver.

« Il vient d'où ? demanda Dixon.

– Je sais pas. Il veut pas le dire. Ou plutôt il peut pas le dire. Je crois qu'il ne le sait même pas.

– C'était son père qui gisait dans le jardin de l'église l'autre fois ?

– J'ai pas abordé la question. On ne peut pas trop s'adresser à lui sinon il mange tellement vite qu'on a l'impression qu'il avale tout d'un coup.

– Je me demande s'ils lui ont parlé, dit Dixon.

– Qui ?

– La police.

– À quel sujet ?

– Des jumeaux. »

Celia croisa les bras. Appuya sa hanche contre le réfrigérateur.

« Quoi ? demanda-t-il.

– C'est ton nouveau truc ? Inventer des conneries sur toutes les personnes que tu croises ? »

Il remua sur le tabouret. Regarda le juke-box.

« Je suis désolé, dit-il.

– Tu crois que je sais pas ce que t'essaies de faire croire aux gens à propos de Colburn ?

– J'ai dit que j'étais désolé.

– Non tu l'as pas dit. C'est moi qui te l'ai fait dire.

– Écoute. Je ne suis pas venu pour ça. Je suis ici pour autre chose.

– Va savoir quoi, dit-elle.

– Peut-être que ça te fera te sentir mieux. »

Colburn avait posé la queue contre le mur et commencé à lentement marcher vers eux pendant qu'ils parlaient. Dixon le vit avancer et il se répéta la phrase. Je le pensais pas. Dis-la et serre sa foutue main et finis-en. Colburn s'approcha et Dixon ravala sa fierté et tendit la main vers lui.

« Je le... »

Il n'acheva pas sa phrase car Colburn le poussa violemment au niveau de la poitrine et il fut éjecté du tabouret, ses bras et ses jambes battant l'air pendant un bref instant de suspension avant qu'il heurte le sol.

« Ça fait quoi, connard ? demanda Colburn.

– Colburn ! » hurla Celia.

Dixon se releva rapidement, poings serrés. Il lança une droite approximative que Colburn esquiva facilement. Colburn le poussa violemment une fois de plus et Dixon perdit l'équilibre, s'emmêlant les pieds et basculant tête la première contre le distributeur de cigarettes. Colburn se ruait de nouveau sur lui lorsque Celia quitta d'un bond le comptoir et s'interposa. Quand Dixon se releva, du sang coulait d'une coupure au front à l'endroit où il avait heurté le coin de l'appareil.

« Arrêtez ! Tous les deux ! »

Dixon avait le visage rougi et il respirait fort. Colburn avait une expression dure et se tenait prêt. Elle poussa Colburn mais celui-ci ne bougea pas et Dixon dit laisse-le faire. Laisse faire ce salopard.

« Tu l'as entendu, dit Colburn.

– Arrête, Colburn. Immédiatement, ordonna-t-elle, et elle le poussa plus fort.

– Putain de taré », lança Dixon.

Il toucha sa coupure, un filet de sang coulait sur le côté de son visage et le long de son cou.

Colburn recula.

Celia attrapa un torchon sur le comptoir et le tendit à Dixon qui le lui arracha des mains.

« C'est ce que tu voulais, dit-il. C'est exactement ce que tu voulais.

– Tais-toi », répliqua-t-elle.

Dixon appuya le torchon sur son front. Le sang avait goutté sur son col et il entendait déjà Sadie. Je t'avais dit d'arrêter de me faire passer pour une idiote, dirait-elle. Dommage, répliquerait-il. Et alors il se mit à rire. Il ôta le torchon de son œil et continua. Un petit ricanement sarcastique et il regarda Colburn.

« Je parie que t'es même pas au courant, dit Dixon.

– Assieds-toi, dit Celia.

– Il l'est ? lui demanda-t-il. Est-ce qu'il sait ?

– Tais-toi.

– Tu sais pas, dit-il à Colburn. Je le vois.

– Je sais pas quoi ?

– Pour ton père. Et sa mère. À propos des petits rendez-vous qu'ils avaient chez elle. La maison dans laquelle je crois que t'as couché à quelques reprises.

– La ferme, Dixon.

– Il se la tapait bien, dit Dixon. Tellement bien que ça a commencé à lui jouer sur le ciboulot. Du moins c'est ce qu'on raconte.

– C'est quoi ton putain de problème ? » hurla Celia.

Mais il se contenta de rire de nouveau. Un peu plus durement. Le sang coulait sur son visage et il l'essuya avec ses doigts. L'étalant sur sa joue et son cou.

« C'est pas vrai, Colburn.

– Vous êtes parfaitement assortis, déclara Dixon. Tous les deux dingues. Comme vos parents. »

Elle se retourna et le gifla.

« C'est pour ça que t'es venu ? dit-elle. C'était ça ton projet pour la journée quand tu t'es levé ? Tire-toi d'ici et n'essaie pas de revenir. Jamais. »

Le sourire quitta alors son visage. Il regarda en direction de Colburn.

« Dis quelque chose », fit Dixon.

Elle attrapa ce dernier par le bras et l'entraîna jusqu'à la porte qu'elle ouvrit d'un coup de pied, puis elle le poussa dehors et ferma la porte à clé. Dixon se tenait là, de l'autre côté du verre. La regardant à l'intérieur. Mais elle s'était déjà tournée vers Colburn.

43

« Il est venu chez nous, Colburn. Mais pas pour ça, dit-elle. Rien de tout ça n'est vrai. Il est venu la voir pour une séance. Elle essayait de l'aider.

– Ça en fait partie ? demanda-t-il.

– Partie de quoi ?

– Partie de l'histoire que toi et tous les autres ici n'arrêtez pas d'inventer ? »

Il s'empara de la bière que Dixon avait laissée et la but. Puis il longea le bar en direction de la table de billard. Elle l'appela mais il continua de marcher. Il franchit la réserve et sortit par derrière. Traversa l'allée et gagna la rue et il marcha jusqu'au bout du pâté de maisons et tourna dans Main Street. Il finit la bière tout en marchant puis brisa la bouteille sur le trottoir avant d'arriver chez lui. Il ouvrit la porte et s'arrêta au milieu de la pièce où il avait tenté de construire une sorte de tipi avec des plaques d'étain rouillé enveloppées dans du barbelé pour les maintenir en place. Il regarda autour de lui, ramassa un pied-de-biche par terre et d'un grand geste il fracassa la structure et le métal et le barbelé s'écroulèrent en un amas rouillé.

Il emporta le pied-de-biche à l'arrière du bâtiment et le garçon était là, en train de remplir son Caddie avec la ferraille et les pièces de moteur que Colburn avait récupérées. Ce dernier attrapa le Caddie et le retourna. Poussa le garçon et dit y a intérêt à ce que je te revoie pas ici. Puis il grimpa dans son pick-up. Il traversa à vive allure le centre-ville puis roula à tombeau ouvert sur la route qui menait à la vallée et il s'engagea dans l'allée de gravier de la maison de Celia. À toute vitesse. Roulant entre les pacaniers. Il fit le tour jusqu'au jardin et enfonça la pédale de frein et la camionnette s'arrêta dans un dérapage, les roues avant dans le kudzu. Il descendit et hurla en direction de la vallée.

Celia était juste derrière lui. En le voyant passer à toute blinde devant le bar elle était sortie et avait bondi dans sa voiture pour le suivre. Elle arriva dans le jardin et descendit de son véhicule tandis qu'il frappait un ennemi imaginaire avec le pied-de-biche.

« C'est pour ça que je ne te l'ai pas dit. Parce que j'avais peur de la manière dont tu le prendrais.

– Moi je t'ai tout raconté.

– Colburn.

– Tout. »

Il marcha jusqu'au cercle de briques et aux chaises en aluminium et il frappa le dossier de celles-ci, deux claquements sonores. Puis il donna des coups de pied dans les briques et dans les bouts de bois carbonisés et les cendres. Il n'était plus lui-même. Désormais une autre personne. Les yeux brûlants de haine et d'angoisse et elle tourna autour de lui. Ne voulant pas le laisser mais voulant garder ses distances. Il s'approcha d'elle, menaçant. Agitant le pied-de-biche. Elle se précipita de l'autre côté de sa voiture, plaçant le véhicule entre eux. Et alors il s'arrêta. Se tourna vers la vallée comme si on avait appelé son nom. Puis il marcha en direction de la remise. Elle contourna la voiture et le suivit, l'appelant et conservant ses distances. Il ouvrit la porte en grand. Se tint dans l'embrasure.

« Va-t'en, dit-il.

– Tu n'es pas chez toi, tu n'as pas à me dire de partir.

– Va-t'en », répéta-t-il.

Elle s'apprêta à répondre mais s'aperçut alors que ce n'était pas à elle qu'il parlait. Il leva le pied-de-biche et entra. Elle courut vers la maison et un vacarme retentit dans la remise tandis que Colburn se battait contre le fantôme. Elle grimpa dans sa voiture et fonça dans l'allée, projetant des cailloux lorsqu'elle s'engagea sur la route. Pied au plancher et reprenant la direction de la ville.

Elle se rendit à la mairie mais la voiture de patrouille n'était pas là. Elle se rendit à la quincaillerie mais elle n'y était pas non plus. Elle roula ensuite jusqu'au café et courut à l'intérieur, demandant si quelqu'un savait où était Myer, mais personne ne put lui répondre. Appelez-le et dites-lui de venir chez moi et dites-lui de faire vite. Elle regagna précipitamment sa voiture et reprit la direction de la maison, sans trop savoir depuis combien de temps elle était partie. Quinze minutes. Vingt. Bien assez longtemps.

Elle trouva la porte d'entrée grande ouverte. Des moustiquaires déchirées et arrachées des fenêtres. Les petits pots en terre cuite qui se trouvaient sur les marches avaient été brisés contre un pacanier et étaient à présent en morceaux. Elle monta sur le porche et entra.

« Colburn », appela-t-elle.

Elle longea le couloir. Écoutant. Elle regarda dans le cabinet de voyance de sa mère. La malle était retournée et les papiers étaient éparpillés par terre. De l'autre côté du couloir la porte de la chambre de sa mère était ouverte. Elle appela de nouveau. Pas de réponse. Elle pénétra dans la chambre et le gramophone avait été fracassé par terre. Elle quitta la pièce à reculons et traversa la maison puis sortit dans le jardin. Deux des plaques de métal qui constituaient les murs de la remise avaient été arrachées et l'intérieur était visible. Des étagères fendues. Des bocaux en verre brisés. Un bidon d'essence cabossé gisait près de la porte.

Elle le trouva debout au bord de la vallée. Il faisait face au soleil et son ombre s'étirait derrière lui et sa main était enveloppée dans un torchon. Sa silhouette raide comme s'il avait été plongé dans du béton. Elle s'imagina ses mains attrapant, lançant, brisant, fracassant, et elle crut que c'était tout ce qu'il y avait à voir.

Ce qu'elle ne pouvait pas voir, c'était que pendant qu'il enrageait il n'avait jamais cessé de parler. Il s'était disputé avec lui-même à propos de qui il était et ce qu'il faisait là et il avait hurlé après sa mère et hurlé après son père et hurlé après cet enfoiré de chien qui avait tué son frère. Il avait hurlé après lui-même et hurlé après le gramophone quand il l'avait jeté par terre comme l'avait fait sa mère, puis il avait hurlé après les murs et les plafonds et les sols, son corps et sa bouche s'agitant dans une coordination destructrice jusqu'à ce qu'il soit à court de gens et de choses à accuser et à insulter, et alors il était sorti de la maison en courant et avait traversé le jardin et commencé à s'en prendre à la vallée. À hurler en direction des voix ou des fantômes ou Dieu sait ce qu'ils prétendaient qu'il y avait là-bas. Il avait pénétré dans le kudzu et arraché des feuilles aux vignes et les avait tenues dans ses mains ensanglantées, puis il les avait brandies au-dessus de sa tête en hurlant et en gémissant et en invectivant avant de s'effondrer dans les vignes et de rester allongé là. Incapable de résister à leur emprise.

44

Elle s'approcha derrière lui. Il ôta le torchon autour de sa main et le laissa tomber par terre. Du sang coula de la jointure de ses doigts.

« Je préfère qu'il n'y ait pas de réponses », dit-il.

Il alla ramasser le pied-de-biche et le balança à l'arrière du pick-up. Puis il marcha jusqu'à la portière.

« Qu'est-ce que tu fais ?

– Je charge tout ce que je trouverai autour de cette vallée et de cette ville et je pars.

– Je peux expliquer ce que Dixon a dit.

– Alors tu aurais dû le faire avant qu'il le dise.

– Où tu vas ?

– Ça n'a pas vraiment d'importance.

– Je suppose que non, rétorqua-t-elle. Tu iras où tu voudras.

– J'irai là où toutes ces histoires et ces secrets ne seront pas. »

Myer s'engagea alors dans l'allée. Il traversa la cour et s'arrêta à côté du pick-up. Il sortit et regarda autour de lui. Les moustiquaires dans le jardin. La remise démolie. Le sang qui gouttait au bout des doigts de Colburn.

« Qu'est-ce qui se passe ?

– Ça va, répondit Celia.

– C'est pas l'impression que ça donne. C'est vous qui avez fait tout ça ? » demanda-t-il à Colburn.

Ce dernier ouvrit la portière de la camionnette.

« J'ai dit c'est vous qui avez fait tout ça ?

– Oui.

– C'est bon, dit Celia.

– Et vous ? Vous allez bien ? Vous n'aviez pas l'air d'aller bien quand vous avez couru dans le café. Du moins c'est ce qu'on m'a dit. »

Colburn grimpa dans la camionnette et mit le contact.

« Vous allez devoir attendre », dit Myer.

Il marcha jusqu'au pick-up et tapa sur la portière.

Colburn fit vrombir le moteur.

« Coupez ça et descendez. »

Il passa la marche arrière et les pneus avant sortirent du kudzu. Myer tapa sur le capot et pointa le doigt sur Colburn tandis que celui-ci reculait dans le jardin puis il dégaina son pistolet. Colburn passa le bras par la vitre ouverte. Secoua la tête en direction du shérif.

« Je parie que ce truc fonctionne même pas.

– Coupez le moteur tout de suite, ordonna Myer. Ne bougez pas ce véhicule d'un centimètre de plus. »

Colburn passa la marche avant. Relâcha la pédale de frein. Le pick-up avança lentement et Myer lui hurla une fois de plus de s'arrêter mais Colburn appuya sur l'accélérateur et un nuage de fumée noire jaillit du pot d'échappement quand il tourna à l'angle de la maison et se dirigea vers la route. Myer rengaina son pistolet et courut jusqu'à sa voiture. Attrapa la radio et demanda un agent en renfort avant de se lancer à la poursuite du pick-up.

Celia resta plantée seule un moment. Après quoi elle regagna la cuisine par la porte de derrière. Elle prit un sac poubelle sous l'évier et se rendit dans la chambre de sa mère où elle se mit à ramasser les morceaux de gramophone.

Mais alors elle s'interrompit. Regarda par la fenêtre. Un après-midi lumineux et un ciel bleu pastel. Des guêpes rouge cerise cognaient contre la vitre. Elle se tint là puis ressortit. Songeant à la source sous le kudzu. Repensant à ses amis qui venaient la voir à vélo. À sa mère qui allait chercher un bocal dans le garde-manger et leur donnait des cornichons à l'aneth. Elle et ses amis sortant et faisant des grimaces à cause du goût aigre puis jetant les cornichons à moitié mangés dans les bois avant d'y pénétrer. Marchant parfois et à d'autres moments ramassés sur eux-mêmes ou bien rampant sous la couverture de vigne qui s'élevait et retombait entre les arbres et les broussailles tandis qu'ils descendaient la colline. Atteignant la source. Le mince filet d'eau comme une berceuse et eux mettant leurs mains en coupe et buvant. Ôtant leurs chaussures et plongeant leurs pieds dans l'eau froide et limpide et c'était tellement bon.

Elle baissa les yeux vers ses pieds nus. Songea que ce serait agréable d'être assise là-bas en ce moment avec les jambes tendues et ses pieds dans la source. Il lui avait dit qu'il l'avait trouvée. Qu'il avait taillé un sentier. Elle se rendit à son placard et attrapa une paire de baskets qu'elle enfila. Puis elle sortit et traversa le jardin et passa devant la remise jusqu'à atteindre l'orée des bois recouverts de vigne. Elle vit l'endroit où il avait utilisé la machette et suivit le sentier tapissé de branches coupées et d'épines et de ronces lacérées. Le sentier sinueux parce qu'il cherchait son chemin, et elle s'imagina les coups de machette. S'imagina Colburn curieux. S'imagina qu'il avait voulu lui offrir quelque chose et c'était ça : ce sentier jusqu'à sa propre enfance, si différent du sentier qui menait à celle de Colburn. Elle zigzagua parmi les arbres, s'accroupissant sous le manteau bas, s'enfonçant de plus en plus. Et alors elle vit un amas de rochers, lisses et rendus brillants par l'eau qui jaillissait de la terre. La source toujours puissante léchant les rochers puis le ruisselet s'écoulant dans la vallée par-dessus des pierres et des monticules d'argile et de terre rouge et dure. La même douce chanson.

Elle s'agenouilla au niveau des rochers. Mit les doigts dans l'eau puis les porta à son visage. Après quoi elle s'assit. Ôta ses chaussures et trempa les orteils dans l'eau. Froide et faisant remonter un frisson jusqu'à ses mollets. Elle sourit. Se rappelant cette sensation. Et alors elle plongea les pieds dans la source.

45

Colburn ne fuyait pas. Il roulait tranquillement en direction de la ville. Myer derrière lui, faisant clignoter ses lumières et agitant la main par la vitre. Colburn lui retourna son geste. Il roula jusque derrière chez lui et se gara dans l'allée.

Myer le suivait et il descendit de voiture et marcha vers lui avant que Colburn ait pu couper le moteur. À l'autre bout de l'allée, un agent arriva et bloqua le passage.

« Les mains en l'air, dit Myer.

– Pourquoi ?

– Vous savez pourquoi.

– Je peux d'abord sortir ? »

Myer fit un pas en arrière. Colburn ouvrit la portière de la camionnette et descendit. Il leva les mains et dit finissons-en pour que je puisse foutre le camp d'ici. Myer lui attrapa le poignet et le fit pivoter sur lui-même, puis il lui passa les menottes.

L'agent les rejoignit depuis l'autre bout de l'allée. Myer fit de nouveau pivoter Colburn et demanda à l'agent de le tenir.

« Qu'est-ce qui est arrivé à vos mains ? demanda Myer.

– On en a déjà parlé, répondit Colburn. Quand vous m'avez interrogé à propos des jumeaux.

– Redites-le-moi.

– Je travaille avec du métal. De l'acier. Du feu. Des outils. Je me blesse parfois les mains.

– C'est du sang frais. Je ne vous ai pas vu travailler là-bas. C'est le sang de Celia ?

– Bon Dieu non.

– Vaudrait mieux pas.

– Écoutez, dit Colburn. Je me suis emporté. J'ai cassé des trucs là-bas mais elle était pas là. Je vais y retourner et tout réparer.

– Oui, dit Myer. C'est ce que vous allez faire.

– Bien.

– Tout de suite.

– Je vous ai entendu.

– Laissez-le », dit Myer à l'agent.

L'homme lâcha le bras de Colburn.

« Vous voulez que je lui enlève les menottes ? demanda l'agent.

– Non, répondit Myer. Il peut les garder une ou deux minutes de plus. Jusqu'à ce qu'il soit bien détendu. Vous pouvez y aller. »

Colburn s'adossa à la camionnette et regarda l'agent longer l'allée et remonter dans sa voiture de patrouille.

« Qu'est-ce qui se passe, Colburn ? » demanda Myer.

Les muscles de la mâchoire de Colburn se crispèrent. Il secoua la tête.

« Celia déboule dans le café, elle demande qu'on me prévienne que je dois aller chez elle. Puis j'arrive et vous saignez et on lit l'inquiétude sur son visage.

– Je n'ai rien à vous dire. Je n'ai rien à dire à personne. Tout ce que je veux c'est avoir les mains libres et charger ma camionnette et me tirer d'ici. Ça devrait rendre tout le monde heureux.

– Et vous ? Ça vous rend heureux ?

– C'est ce que j'ai dit.

– Vous n'irez nulle part tant que vous ne serez pas retourné à la maison et n'aurez pas remis les choses dans l'état où vous les avez trouvées.

– Je sais.

– Alors retournez-vous. »

Colburn se tourna sur le côté et Myer défit les menottes.

« Est-ce qu'il faut que je vous suive jusque là-bas ? » demanda le shérif.

Colburn se frotta les poignets. Il ôta son tee-shirt et s'en servit pour essuyer le sang sur ses mains et ses doigts. Puis il le jeta par la vitre ouverte de la camionnette et répondit suivez-moi si vous voulez. Suivez-moi si vous avez rien de mieux à faire. Aux dernières nouvelles il y avait deux enfants que vous arriviez pas à retrouver et je parie que leur mère serait ravie d'apprendre que vous avez rien de mieux à foutre que me coller au train.

46

Il a raison, pensa Myer. Je ne sais pas quoi faire. Je ne sais pas comment je suis censé agir. Il gara la voiture de patrouille à côté de la boîte aux lettres. Il regarda le sol à l'endroit où Colburn avait vu le rouleau de barbelé et les poteaux de clôture. Il regarda le magnolia dans lequel Colburn avait dit que les jumeaux jouaient. Il se rappela la foule d'hommes allant et venant dans la maison par la suite, posant à la mère des questions auxquelles elle ne pouvait pas répondre. Cherchant des indices qui n'étaient pas là.

Il descendit de voiture et s'assit sur le çapot. Observa la vallée qui entourait la maison et la cour. Cherchant quelque chose qu'il aurait déjà dû voir. Une réponse qui se serait manifestée parmi l'enchevêtrement de vignes en disant je suis ici. Ce que vous voulez est juste ici. Levez votre cul et venez me chercher. Il ouvrit la boîte aux lettres, le courrier s'empilant car la mère était partie loger chez une cousine en ville. Il la referma et traversa la cour et s'arrêta devant le magnolia. Se retourna et scruta les deux côtés de la route, tentant de croire à la conclusion à laquelle ils étaient parvenus. Les jumeaux étaient dehors quand un véhicule s'était arrêté. Pour Dieu sait quelle raison, par force ou par séduction, ils étaient montés dans le véhicule et avaient disparu. C'était simple et logique car il n'y avait pas de trace. Mais le simple et le logique ne satisfaisaient ni Myer ni les gens auxquels il était confronté chaque jour.

Je devrais avoir mieux à faire mais je ne sais pas quoi, songea-t-il. Comment est-on censé savoir ? À un moment vous dégagez un cerf de la route et à l'instant suivant toute la ville vous demande des réponses que vous n'avez pas. Il secoua la tête. Regarda son ombre sur le sol. Conscient que toute sa vie durant il avait marché vers ce moment de grande attente et regrettant de ne pas avoir été plus attentif. De ne pas avoir affûté les choses en lui qui avaient besoin d'être affûtées. Ces événements se produisent et tu n'es pas prêt. Tu es en train de devenir un vieil homme qui n'a rien à donner. Un vieux boiteux.

Il regagna sa voiture. Retourne au bureau et relis tout. Relis comme si c'était la première fois. Lis ce que Colburn a dit à propos de cet après-midi-là. Peut-être qu'il y a un mot qui signifie plus que les autres. Peut-être. Il jeta un dernier coup d'œil autour de lui. Les collines couvertes de vert. Les ondulations suffocantes. Il démarra la voiture et s'engagea sur la route et le moteur hoqueta lorsqu'il enfonça l'accélérateur, noyant le cri qui provenait du fond de la vallée. Sans se douter qu'il avait été proche de devenir le héros qu'il aurait voulu être.

47

Le garçon se tenait au bord de la vallée. Il laissa le Caddie dans les mauvaises herbes au bord de la route et était sur le point de s'enfoncer dans le kudzu quand il entendit le hurlement en dessous. Un cri strident étouffé par les vignes. Il scruta les deux côtés de la route. Songea que c'était peut-être un animal qu'il n'avait encore jamais entendu. Puis il y eut un autre cri et il sut que c'était une femme. Peut-être que la femme était revenue de Dieu sait où et qu'elle et l'homme avaient repris là où ils s'étaient arrêtés. Il y eut deux hurlements supplémentaires et ce n'étaient pas des cris de dispute ni de haine mais plutôt le son des mauvais rêves, et il connaissait la différence. Il regarda dans la direction d'où ils provenaient et chercha à percevoir du mouvement, de petits signes de lutte sous le kudzu. Mais la vallée était immobile. Il attendit un nouveau hurlement mais il n'y avait que le silence.

48

Quand Myer le laissa, Colburn se rendit à l'intérieur et enfila un tee-shirt propre. Puis il se passa les mains sous le robinet pour rincer le sang. Il prit une chaussette et la noua autour de la jointure de ses doigts. But au goulot d'une bouteille de bourbon presque vide. Puis il attrapa sa boîte à outils et retourna au pick-up.

Il ignorait ce qu'il dirait quand il arriverait chez Celia. Je suis désolé. Ce serait un bon début, pensait-il. Au revoir. C'était ce qu'il avait promis de faire, charger sa camionnette et partir, mais il ne voulait pas dire ça. Il se gara sur le gravier et sortit et marcha jusqu'à l'arrière de la maison. Il posa la boîte à outils. Releva les chaises en aluminium et redressa les enfoncements provoqués par le pied-de-biche, tenta d'aplatir les dossiers mais ils étaient définitivement défigurés. Il réarrangea le cercle de briques. Il attendait qu'elle sorte de la maison ou de la remise. Il attendait qu'elle appelle son nom. Mais peut-être qu'il était allé trop loin. Peut-être qu'elle ne le prononcerait plus.

Il fit le tour de la maison, ramassa les moustiquaires qu'il avait arrachées. Ramassa la gouttière qu'il avait fait voler d'un coup de pied. Ramassa les morceaux de pots en terre cuite et constitua un tas de débris dont il se servirait pour dresser une liste d'achats à la quincaillerie.

Peut-être que c'est moi qui devrais aller la trouver, songea-t-il.

Il entra dans la maison. Allant d'une pièce à l'autre et l'appelant. Comme il n'y avait ni réponse ni mouvement il retourna dans le jardin. Le silence tout autour de lui. Il inspecta la voiture de Celia et les clés étaient dans le contact. Ses cigarettes sur le tableau de bord.

Il descendit la pente du jardin et s'arrêta au niveau du kudzu. Il appela son nom, sa voix tombant dans la vallée comme une plume du ciel. Légère et insignifiante. Il appela trois, quatre, cinq fois, sa voix chaque fois plus forte et de plus en plus incertaine. Il ne l'appelait plus avec autant d'insistance qu'avant. Celia ! C'était plutôt une question. Celia ? Celia ?

Il se rendit dans la remise et trouva la machette. La lame plantée dans le sol. Il se tourna une fois de plus face au soleil tandis que celui-ci déclinait au-dessus des flancs de collines et brûlait à travers les feuilles d'un vert riche. Il cria son nom. Agrippant la machette et criant et conscient qu'elle ne répondrait pas, entendant à la place la voix qui disait viens. Viens par ici.

Il ne connaissait qu'un seul chemin et c'était le sentier qu'il avait taillé. En direction de la source. Il s'enfonça d'un pas lourd dans les bois et suivit sa propre trace. L'appelant. Donnant des coups de machette. Évitant les branches étouffées et repoussant les vignes. Zigzaguant sur la pente et trébuchant à un moment et roulant sur lui-même. Lâchant la machette mais se relevant précipitamment et la saisissant par le manche et poursuivant son chemin. Il vit alors les rochers gris foncé et la mousse qui poussait sur leurs flancs. Il vit l'eau claire jaillir au milieu et s'écouler à travers le monde en dessous. Et il vit les chaussures de Celia à côté de la source et il vit l'endroit où elle s'était assise, mais elle n'était plus là.

49

Colburn resta sous le kudzu. Lacérant les broussailles et les vignes qui les étouffaient. Descendant plus bas, franchissant des rigoles et enjambant des arbres morts. Appelant Celia et la cherchant, transpirant de panique. Parlant tout seul. Tentant de trouver des raisons pour expliquer que ses chaussures soient là mais pas elle. Elle n'aime pas les porter de toute manière. Elle est sortie par un autre côté de la vallée et s'est fait ramener en ville et maintenant elle est assise dans le bar. Les jambes croisées comme toujours. Actionnant le Zippo comme elle le fait toujours. Elle en a assez de te parler et elle se cache. C'est tout.

La lumière commençait à diminuer.

Il taillait et lacérait et quand son pied se prit dans une vigne tordue il frappa vers le bas comme si c'étaient des mains jaillies d'une tombe qui cherchaient à l'attraper et il coupa sa botte. Un instant plus tard il sentit la chaleur du sang. Il laissa tomber la machette et se déchaussa. Il y avait du sang et il y en aurait de plus en plus. Les vignes étaient juste au-dessus de sa tête et il leva les bras et les écarta. Le soleil approchait de l'horizon et il ramassa la machette. Remit sa botte et s'essuya le visage et le cou avec son tee-shirt. Haletant et transpirant et tout autour de lui cette terre étouffée. La douleur lancinante dans son pied et le sang dans sa chaussette et le sang sur ses mains et son torse qui se soulevait tandis que la question brûlait dans son crâne. Où est-elle ?

Il regarda derrière lui le sentier qu'il avait dégagé en direction du sommet de la colline, le chemin tortueux et saccagé. Il appela de nouveau son nom. La lumière qui diminuait et la pénombre qui se répandait et tandis qu'il enjambait et contournait des branches pourries et des carcasses d'animaux et des peaux de serpent il avait conscience de cet autre monde comme si ce qui était caché en dessous n'était pas mort mais bien vivant. L'air stagnant qui pourtant semblait battre d'un souffle chaud et lourd et pas le silence étouffé auquel il s'était attendu mais à la place une sorte de fredonnement. Une note basse et singulière chantée par la terre elle-même. Il taillait et avançait recroquevillé sur lui-même et il s'arrêterait quand il pourrait se tenir debout. Regarder autour de lui. Son sens de l'orientation qui l'abandonnait et des ombres qui bougeaient dans un monde sans ombres et le fredonnement profond et hypnotique. Il se retrouva au milieu d'un bosquet de pins et laissa tomber la machette. Une ampoule brûlante à l'intérieur de son pouce, des brindilles dans ses cheveux et sur ses vêtements et il s'appuya à un arbre.

Puis il tomba à genoux. Labourant la terre avec ses doigts comme s'il creusait en quête d'une réponse qui aurait pu être enterrée à cet endroit précis. Ne sachant pas pourquoi mais creusant jusqu'à ce que ses mains soient couvertes d'agglomérats de terre ensanglantée. Et alors il s'écroula. Se roula sur le dos. Et à travers les vignes il vit le ciel lavande.

Elle est au bar. Relève-toi et sors d'ici.

Il quitta la vallée et les bois telle une caricature d'assassin. Brandissant une machette. Du sang sur son tee-shirt et son jean.

Du sang dans sa botte. Le visage et le cou crasseux. Émergeant d'un cauchemar et retrouvant la réalité. Il passa en boitillant devant la remise et traversa le jardin. Il s'assit sur une des chaises en aluminium et laissa tomber la machette par terre. Les flancs de collines luisants dans la lumière mourante. Quelque chose hurla. Il plongea son regard dans la nuit qui approchait et tenta d'imaginer qu'elle riait.

50

Le garçon resta caché dans la maison couverte de vigne jusqu'à ce qu'il fasse sombre. Il voulait aller voir mais attendait la couverture de la nuit et lorsqu'elle arriva il commença à s'aventurer dans la vallée. Il avait un briquet dont il se servait pour éclairer ses pas. Allumant et éteignant la flamme. Ne voulant pas être vu. Il marchait un peu puis s'asseyait et écoutait. Le bruissement des mouvements nocturnes autour de lui. De petites créatures qui lui faisaient tourner la tête d'un côté et de l'autre et qui le maintenaient sur le qui-vive tandis qu'il cherchait la grande créature à deux pattes. L'ombre voûtée en désaccord avec elle-même.

Il avançait sous des crêtes. Sortit du kudzu sur un promontoire. Se renfonça dedans et rampa dans un fossé. Il s'assit par terre, adossé à un arbre mort. Sa tête penchée en arrière et ses paupières lourdes et il était presque endormi lorsqu'il entendit l'homme parler tout seul.

Il se redressa. La voix semblait provenir de tous les côtés à la fois et il n'arrivait pas à opter pour une direction. Un flot continu de conversation dérangée dans le noir, uniquement interrompu par le claquement de sa langue et de ses gencives. Le garçon se mit silencieusement à genoux. Se releva silencieusement. Pencha la tête en avant comme si ça allait améliorer sa vision nocturne.

La voix se déplaçait et il entendit alors l'homme tomber. Une rafale de jurons directement devant lui. Il fit un pas en avant et l'homme semblait immobile par terre. Le garçon s'avança encore mais s'arrêta quand il entendit l'homme bouger et se remettre à parler. Il distinguait maintenant sa silhouette noire.

L'homme n'arrêtait pas de parler. Une série de questions et de réponses qui tournait encore et encore en boucle et parfois sa voix s'élevait comme s'il était outragé par ses propres questions tandis qu'à d'autres moments il marmonnait tel un enfant pénitent. Il parlait et il marchait et le garçon le suivit jusqu'à ce que l'homme atteigne une crête. Il marqua alors une pause. Un petit craquement et la minuscule flamme d'une allumette. L'homme assurant ses pas. Il souffla l'allumette et le garçon le regarda escalader la crête. Une fois au sommet il craqua une autre allumette. Se donna une ultime injonction. Puis il disparut dans la grotte.

51

Colburn passa la nuit assis face à la vallée. Somnolant puis se réveillant. Quand le soleil commença à poindre, il se leva de la chaise. Son avant-bras douloureux à force de donner des coups de machette. Ses mains calleuses et abîmées. Au premier pas il sentit la blessure à son pied et grimaça. Se rassit. Il ôta sa botte. Sa chaussette n'était plus qu'une croûte de sang séché qu'il décolla de sa peau.

Il boitilla jusqu'à la maison et se rendit dans la salle de bains. Il se déshabilla et prit une douche. La crasse et le sang séché tombant comme des écailles. Ses blessures se remettant à saigner. Il sortit de la douche et s'assit sur la lunette des toilettes, appuya une serviette sur l'entaille à son pied pour ralentir le saignement. Se demandant quoi faire.

Il remit le tee-shirt et le jean infects et marcha jusqu'à la camionnette, emportant ses bottes et sa chaussette ensanglantée. Il retourna en ville. Le moteur diesel ahanant et brisant le silence du petit matin. Il se gara derrière chez lui et entra. Il passa un jean et un tee-shirt propres. Il avait un rouleau de gaze et il coupa des bandes d'un vieux tee-shirt et en enroula une autour des jointures de ses doigts avant de l'entourer de gaze, puis il fit la même chose avec son pied. Il enfila des chaussettes propres et tenta d'ôter le sang de sa botte au-dessus de l'évier.

Après quoi il la chaussa et appliqua plusieurs couches de ruban adhésif sur l'entaille dans le cuir usé. Ses vêtements sales étaient roulés en boule et il les ramassa et sortit et les jeta dans la benne à ordures de l'allée.

Il roula jusqu'au bar et tira sur la poignée de porte. Il savait que si elle était dans les parages elle serait là à l'heure du déjeuner pour le garçon, et c'était ce qu'il pensait attendre. Et je ne lui parlerai pas de toutes les conneries horribles que j'imagine. Je lui dirai simplement que je suis content de la voir. Je ne vais nulle part. Je suis un pauvre connard et je ne te laisserai plus jamais voir cette facette de ma personnalité. Je me fous de ce que tu as fait ou de ce que tu ne m'as pas dit à propos des visites de mon père à ta mère. Je m'en fous. Tout ça c'est fini. Il tira une fois de plus sur la poignée comme s'il était la victime d'une mauvaise plaisanterie puis retourna chez lui. Il s'assit par terre et regarda par la fenêtre les gens qui passaient sur le trottoir. Les ombres qui bougeaient lentement à mesure que le soleil du matin se levait. Il était fatigué et avait des cernes sous les yeux et il pencha la tête en arrière et sombra dans un demi-sommeil. Il rêva de la maison de Celia et que sa mère était revenue, une femme exténuée debout dans sa chambre et cherchant sur le mur les photos qui avaient été décrochées et placées dans un carton, cherchant les visages de son passé et se demandant où ils pouvaient être. Elle tenait un long couteau, les jointures de ses doigts blanches tandis qu'elle serrait le manche. Ses jambes maigres et son vieux corps rabougri, la peau grise et pendante et les voix de la vallée faisant désormais partie d'elle tandis qu'elle longeait le couloir sans un bruit et légère telle une goule qui habite simplement l'air mauvais qui l'entoure. Atteignant la porte de la chambre où Colburn et Celia dormaient et se demandant qui était allongé à côté de sa fille, et il se réveilla en sursaut. Haletant et écarquillant de grands yeux. Certain que quelqu'un ou quelque chose était dans le bâtiment avec lui, et il attendit d'entendre un bruit de pas ou une voix menaçante. Mais il n'y avait que la lumière pâle de midi.

Il retourna au bar mais elle n'y était pas. Il s'attendait à trouver le garçon mais il n'était pas là non plus. Il se rendit chez elle et rien n'avait bougé et il se tint à l'orée du kudzu, attendant qu'elle émerge du sentier et dise j'ai bien cru que je ne retrouverais jamais mon chemin. Je ne voulais pas que tu t'inquiètes. Allons boire une bière au bar. Il regarda ensuite la vallée et se rappela ce qu'elle lui avait dit à propos de la maison ensevelie. Se rappela qu'elle avait affirmé que sa mère croyait qu'il y avait des choses là-bas qui nous reliaient. Nous sauvaient. Il repéra la bosse formée par les vignes qui recouvraient la maison au cœur de la vallée. La cheminée enveloppée de vert pointant vers le ciel dans un appel désespéré à la miséricorde. Il attrapa la machette et retourna sous le kudzu.

52

Le garçon attendit toute la nuit que l'homme ressorte du trou dans lequel il avait disparu. Puis il attendit tandis que la lueur terne du jour suintait à travers les vignes. Il attendit tandis que les oiseaux se mettaient à chanter. Il attendit tandis que le matin s'éternisait et que la température montait et que l'air devenait plus étouffant en dessous. Puis il escalada la crête et se tint au bord de la grotte. Regardant en bas. Voyant le fond. Rassemblant son courage.

Il descendit dans l'ouverture. Sur le sol se trouvaient de petits bouts de bougie et il ramassa le plus long et l'alluma avec le briquet. Il commença à lentement longer le tunnel et à la lueur de la bougie il vit des choses. Des emballages de nourriture. Des lambeaux de vêtements. Des os de poulet. Des cannettes de bière vides. Une traînée continue de détritus à mesure qu'il avançait, et alors l'odeur s'empara de lui. Plus que fétide. L'odeur portée par le vent qui soufflait dans le boyau et elle le fit se plier en deux et tousser. Il avança un peu plus et crut vomir. Ses muscles crispés et les larmes lui montant aux yeux tandis qu'il était encore et encore agité par des haut-le-cœur. Quand il se redressa il leva son tee-shirt par-dessus son nez et sa bouche et se pinça les narines, mais l'air devenait de plus en plus nauséabond et l'odeur de mort empirait à chaque pas qu'il faisait dans le tunnel. Il continua néanmoins de s'enfoncer plus avant avec rien d'autre que son ombre et sa peur. La flamme tremblante et l'air rance et il aurait voulu avoir une arme. Une hachette ou un bâton ou n'importe quoi à part une bougie qui ne servirait à rien contre le monstre qu'il pensait être sur le point de découvrir. De temps à autre il s'arrêtait. Marquait une pause. Cherchait à entendre l'homme qui parlait tout seul, mais il n'y avait que le gémissement.

Le garçon s'arrêta au bord de la fosse et tint la bougie vers la grande flaque de néant. La terre s'était écroulée de tous les côtés et la fosse s'étirait à présent d'une paroi du tunnel à l'autre. Un abîme noir et aucun moyen de le contourner. Et l'odeur qui le faisait tousser et lui soulevait le cœur s'élevait du trou comme si elle provenait des entrailles de l'enfer.

Le garçon se pencha et planta un doigt dans la terre puis il plaça la bougie dans le trou qu'il avait creusé. Il lança un mot indistinct et ne s'attendait pas à une réponse mais il entendit du mouvement de l'autre côté de la fosse, là où il n'y avait pas de lumière. Un gémissement et des pieds traînant paresseusement sur la terre et les cailloux, et alors il apparut dans la lumière douce de la bougie. Nu et couvert de terre noire, les yeux exorbités sur son visage crispé et émacié. C'était l'homme mais ce n'était pas l'homme. C'était le prisonnier dans son monde d'épouvante.

Le garçon recula. Il le regarda. Son visage et sa tête couverts de terre. Sa bouche ouverte et sèche. Des griffures sur sa poitrine et son cou. Des doigts osseux au bout de mains osseuses.

L'homme avait déposé le corps de Celia près de la fosse. Lui avait ôté la robe jaune. Puis il s'était allongé à côté d'elle et avait posé la tête sur son ventre. Lui disant les mêmes choses qu'aux jumeaux. Des promesses incohérentes de vie meilleure ici dans le noir avec lui. Levant ses doigts et les portant à son propre visage. Enterré dans le noir. Le réconfort contre son corps mais vengeur envers son monde. Et quand il avait finalement été prêt à la jeter dans la fosse avec la femme et les jumeaux, il avait allumé une bougie et lancé un dernier long regard tourmenté à son corps nu avant de lui soulever les jambes et de la traîner vers le trou, mais la terre s'était alors effritée, les parois de la fosse s'effondrant. Il n'avait eu d'autre choix que de sauter et s'était rattrapé de l'autre côté, s'accrochant encore et encore tandis que des amas de terre et de cailloux tombaient, et ça ne s'était arrêté qu'après que la gravité avait élargi la fosse d'un côté du tunnel à l'autre. L'espace derrière lui hors d'atteinte. Probablement impossible de sauter par-dessus le vide.

La bougie avait disparu avec les amas de terre. Et alors il n'y avait plus eu que le noir, rien que le noir, et le gémissement venu des profondeurs. L'homme s'était déshabillé et roulé dans la terre et il avait senti les cailloux acérés qui le meurtrissaient et le coupaient. Il ne produisait plus le claquement car il n'avait plus de salive et il se tenait maintenant au bord de la fosse et regardait le garçon. Ne croyant pas ce qu'il voyait car il avait rêvé de secours. Il leva le bras et tendit la main.

« Aide-moi, fils », dit-il.

Le garçon ramassa la bougie et éclaira le tunnel. Cherchant un morceau de vigne ou une racine. Tout ce qu'il pourrait tendre à l'homme. L'odeur putride dans son nez et sa bouche lui soulevait le cœur tandis qu'il longeait le tunnel, et alors il vit la robe de Celia. Roulée en boule par terre à côté du verre fêlé de la lampe à pétrole. Le garçon la souleva par les fines lanières au niveau des épaules et il la secoua pour en ôter la terre. Le jaune de la lueur de la bougie et le jaune de la robe brillant ensemble et lui donnant la réponse qu'il voulait sans la vouloir. Il passa ensuite la robe sur son bras et avança dans le tunnel, retournant à la fosse au bord de laquelle l'homme était maintenant à genoux. Une étendue de noir entre eux. Ses mains posées sur ses cuisses dans une position de repos. Comme s'il était parvenu à une pieuse résolution.

Le garçon pointa le doigt vers lui. Puis il désigna la fosse. Et lorsqu'il se retourna et commença à se diriger vers la sortie, il entendit les pas traînants sur la terre et le faible cri de la chute.

53

Colburn faisait tout son possible pour atteindre le cœur de la vallée. Coupant et rampant. S'égarant puis retrouvant la bonne direction.

Arrachant des vignes et repoussant des branches et il y parvint finalement. Il observa la maison et eut l'impression d'avoir été transporté dans un autre monde. D'être pris dans une photo noir et blanc qui ne donnait aucune indication d'époque ou de lieu.

As-tu des réponses pour moi ? pensa-t-il.

Il traversa le porche. Posa la machette contre le montant de la porte et pénétra dans le couloir. Il toucha du bout des doigts les murs rêches et avait presque atteint le bout du couloir lorsqu'il sentit la profonde entaille dans le plâtre. Il s'arrêta puis recula et vit une silhouette en bâtonnets gravée dans le mur. Sur le sol en dessous un tas de poussière crayeuse. La silhouette était presque aussi grande que lui. Un visage ovoïde. Pas d'yeux ni de bouche. Il passa le doigt sur chaque bras. Descendit le long du tronc. Le long des deux jambes.

Colburn regarda en direction de la porte ouverte au bout du couloir. S'assurant que la machette était toujours là. Et alors il redemanda à la maison. As-tu des réponses pour moi ? Il ne m'en faut qu'une. Donne-moi quelque chose. Tu es ici depuis si longtemps. Tu sais ce qu'il y a ici. Aide-moi.

Un orage arrivait au-dessus de la vallée et la pluie avait commencé à tomber et le vent chantait à travers les vignes et il chercha à entendre ce que la maison pouvait lui dire. Tant de personnes avaient affirmé que cette vallée leur parlait et peut-être qu'elle m'a également parlé mais je n'ai pour le moment pas besoin d'un peut-être. J'ai besoin d'une réponse et j'ai besoin de savoir si elle est ici quelque part. Il n'arrêtait pas de poser ses questions et d'espérer des réponses et alors les voix de la vallée lui parvinrent en un chœur de vent et de pluie et il leva les mains et les posa à plat sur la silhouette en bâtonnets. Baissa la tête et ferma les yeux et la maison parla.

Je suis comme toi, dit-elle. J'ai été si seule. Ensevelie par le temps. Si loin. Il y avait autrefois des voix ici. Je leur fournissais du feu en hiver et de la fumée s'élevait de ma cheminée et s'enfonçait dans la nuit, montant vers les étoiles et prouvant que j'étais à ma place. Au printemps les pieds des enfants martelaient mes sols et des roses sauvages poussaient près de moi et donnaient des fleurs d'un rose intense et quand il pleuvait ils se tenaient sur le porche et levaient les mains sous l'eau qui ruisselait de la gouttière et s'arrosaient les uns les autres et se comportaient comme sont censés le faire les enfants. Parfois ils pleuraient et parfois leurs parents pleuraient mais ça ne durait jamais longtemps et je les étreignais et ils s'étreignaient mutuellement mais un jour ils sont partis et ne sont pas revenus. J'ai attendu et attendu et je regardais les années passer et sentais la pluie et la chaleur et les oiseaux nichaient à l'intérieur et le loup traînait ses proies sur mon porche et je croyais qu'ils reviendraient. Mais personne n'est revenu et à mesure que les années s'écoulaient j'ai commencé à regarder la vigne se propager sur le flanc de colline. Se répandant sans discrimination à travers la vallée et s'appropriant la terre et s'appropriant les arbres et les fleurs et je savais qu'elle allait m'engloutir. Elle avançait si lentement mais je n'ai jamais cessé de regarder et tout ce dont j'avais besoin c'était que l'un d'eux revienne et voie ce qui arrivait à la vallée et voie ce qui allait m'arriver. Tout ce dont j'avais besoin c'était que l'un d'eux revienne et sorte sa lame et la coupe. J'allais disparaître et je ne quittais jamais la vigne des yeux tandis qu'elle rampait juste à côté de moi. Se glissait sous moi. Et alors elle a commencé à ramper sur mes murs et à travers les lattes du plancher et sur mon toit et personne n'est venu. Maintenant j'ai disparu et comme tout le reste ici j'appartiens au kudzu, et je savais qu'il y avait quelque chose de diabolique dans sa progression. Mais comment peut-on stopper un tel mal ?

Dis-moi, pensa Colburn.

Qu'importe le temps qui s'est écoulé depuis que j'ai entendu des rires et la pulsation de la vie, je sais que ce qui bouge désormais en moi n'est pas à sa place, et les nuits où j'ai peur je prie pour que la terre s'ouvre sous moi et nous avale tous afin que plus personne ne ressente ce que je ressens en moi, et je voudrais fermer mes portes et mes fenêtres et le retenir en otage mais mes fenêtres sont brisées et mes portes sont abîmées. Il n'y a que la peur. Ils m'ont abandonnée ici.

Et personne ne m'avait prévenue que ce serait comme ça. Je croyais qu'être vivante signifiait autre chose. Pourquoi m'ont-ils faite ? Si c'est pour m'abandonner de la sorte ?

Je ne sais pas, répondit Colburn. Je n'ai pas de réponses pour toi. Mais est-ce que tu en as pour moi ? Voilà ce que tu peux faire pour te sentir de nouveau vivante. Tu peux me donner une réponse parce que je suis comme toi et je me pose les mêmes questions. Pourquoi m'ont-ils fait si c'est pour m'abandonner de la sorte ? Tu n'es cependant pas aussi seule que tu le crois, parce qu'elle parlait de toi. Tu le sens ? Celia pointait le doigt dans cette direction et elle disait que tu existais. Tout le monde ne t'a pas oubliée. Et il y en a d'autres qui se souviennent de toi. Et je parie que ces enfants se souviennent de toi et qu'ils se souviennent de la pluie qui tombait de ton toit et des feux dans ta cheminée. Ils se souviennent de leur mère dans ta cuisine et de leur père les mettant au lit. Ces choses ne peuvent pas être reprises et ces enfants et leurs parents sont là-bas quelque part et ils se souviennent de toi. Tu es en eux comme eux étaient jadis en toi et tu es dans leurs rêves. Est-ce que ça te fait te sentir vivante ?

J'ai peur. C'est comme ça que je sais que je suis vivante.

Colburn ouvrit les yeux. Ôta les mains du mur. Il se tint immobile dans le couloir et écouta l'orage puis il répéta ce que la maison lui avait dit. J'ai peur. C'est comme ça que je sais que je suis vivante. Et il savait que s'il s'écartait de cet endroit il le verrait. Il savait que s'il marchait jusqu'au bout du couloir et regardait dans l'une des pièces, n'importe laquelle, il verrait son père suspendu à une poutre du plafond et que ses yeux seraient à la fois ouverts et implorants et amers et brisés. Les yeux qu'il n'avait jamais pu comprendre et les yeux qu'il recherchait toujours pour avoir un peu de tendresse, et il savait que son père était là, balançant et attendant de revoir son fils. Il se tint immobile dans le gris terne. Dans la vieille photo noir et blanc qui s'estompait. Et il ne voulait pas le voir. Et alors il entendit sa mère appeler depuis une autre pièce. Sa voix faible et tremblante comme un ruissellement, et il se plaqua les mains sur les oreilles et serra fort les yeux et refusa de les écouter ou de les voir même s'il savait qu'ils étaient là. Sa mère appelant et son père oscillant et il se pencha en avant et se balança et grogna et alors le tonnerre gronda, produisant un son semblable à celui du chien, le grondement sourd tandis qu'il se tenait là avec la tête enfoncée dans l'ouverture de la clôture, le grondement sourd tandis qu'il observait et attendait de les transformer tous, les vivants comme ceux à naître. Et la maison déclara je te l'avais dit. Je te l'avais dit. Il y a ici des choses qui ne devraient pas y être et maintenant tu le sens aussi. Et alors Colburn se redressa et lui répondit en hurlant. Tais-toi. Soit tu m'aides soit tu la fermes. Je ne les cherche pas parce que je suis en train de chercher Celia et soit tu m'aides soit tu te tais.

Je te l'avais dit, répéta-t-elle.

Il respirait à présent fort. Des halètements désespérés. Il ouvrit les mains et regarda les ampoules et les coupures et tenta de se calmer. De se rappeler pourquoi il était là. Puis il marcha jusqu'au bout du couloir et regarda dans les pièces du fond. L'une était la cuisine. Dans l'autre il y avait une cheminée et un matelas de feuilles suffisamment grand pour un homme et le renfoncement au milieu était recouvert d'une couverture. Colburn se baissa et pinça le coin de celle-ci entre son pouce et son index et il la souleva de la couche. Autrefois elle avait été bleu azur mais elle était à présent délavée et dégageait une odeur putride. Il tendit le bras et plissa le nez et lorsqu'il la laissa retomber sur la couche il remarqua qu'il était entouré d'autres silhouettes en bâtonnets. Les murs en étaient couverts. Certaines grandes et d'autres comme des enfants. Certaines se tenant la main. Et sur le sol sous la foule de silhouettes il reconnut son propre burin et son tournevis à tête plate et à long manche, entourés d'une poussière de plâtre semblable à de la neige sale. Dans le coin opposé de la pièce il y avait un tas d'objets qui avaient appartenu à Celia.

Colburn s'agenouilla devant l'étrange collection de souvenirs. Des serviettes à cocktail du bar couvertes de notes qu'elle avait griffonnées, un briquet, une paire de lunettes de soleil. Il crut entendre un bruit de pas et se releva. Regarda en direction de la porte. Et alors il vit sa robe, suspendue à un clou au mur. Il marcha à travers le lit de feuilles et s'en empara. La tint par les lanières. Elle était très sale et déchirée mais c'était bien celle de Celia. Ça ne faisait aucun doute. Et alors il sut qui était coupable et il vit tout. Il vit le garçon attendant devant le bar et les suivant jusqu'à la vallée. Il vit le garçon se cachant sous les vignes et observant Celia tandis qu'elle approchait sur le sentier. Il vit le garçon utilisant les outils volés à Colburn pour lui faire ce qu'il lui avait fait. Il pivota sur lui-même et parcourut une fois de plus la pièce du regard avant de coincer la robe sous son bras. Il avait fait un pas dans le couloir lorsqu'il entendit de nouveau le bruit de pas et aperçut l'ombre tandis que l'arrière de la pelle s'abattait sur son front, et alors tout devint noir.

54

Dixon roulait sur une petite route de campagne. L'orage était passé et une légère pluie subsistait. L'air frais qui vient ensuite. La sensation que quelque chose change.

La route était étroite et défoncée. L'eau de pluie emplissait les ornières. D'épaisses branches d'arbres passaient par-dessus les clôtures. Il avait quitté son bureau et retroussé ses manches. Ôté sa cravate et déboutonné son col de chemise. Il s'était arrêté à une station-service et avait acheté un pack de bière et des cigarettes puis il était passé au salon et avait demandé à Sadie si elle voulait se balader avec lui. Allons faire un tour, on boira et on écoutera de la musique. Comme avant. Mais elle avait alors demandé s'il s'était excusé auprès de Colburn comme convenu et il avait serré les dents et fait la moue. Il pleut, avait-elle répondu.

Il roulait seul. La vitre baissée et la pluie qui tombait sur son bras et touchait le côté de son visage et c'était agréable. Sacrément agréable. La radio était allumée à bas volume et les pneus de la camionnette rebondissaient dans les flaques. La campagne détrempée et luisante. Il pensa à la succession de jours pluvieux quand les jumeaux avaient disparu. L'emprise des vignes. Le hurlement des chiens. Les ondulations glissantes de la vallée. Dixon là avec eux, les équipes de recherches frustrées par leur incapacité à avancer plus vite et à couvrir plus de terrain. Il se rappelait la douleur qu'il avait ressentie, la douleur qu'ils avaient tous éprouvée quand ils n'avaient rien trouvé, et ils avaient continué pendant des jours et des semaines en vain, et à quel point ils se sentaient faibles quand ils disaient à la mère des jumeaux qu'ils avaient fait chou blanc, tout en promettant qu'ils continueraient de chercher, sans toutefois jamais rien découvrir.

Il avait imaginé que c'était son propre fils qui avait disparu. Leur enfant né quand il avait été censé naître et devenu de plus en plus fort, et un soir après qu'ils avaient cherché jusqu'à la tombée de la nuit il s'était glissé dans le sanctuaire de l'église. La grande pièce calme et noyée dans la pénombre. La solitude et la tranquillité le réconfortant tandis qu'il se tenait devant l'autel et levait les yeux vers le vitrail en hauteur sur le mur au-dessus de la chaire. Les bras écartés du Christ. La couronne d'épines. L'étoffe pourpre autour de sa taille. Dixon s'était tenu là dans l'obscurité. Murmurant une prière pour les jumeaux et pour qu'un miracle se produise et qu'ils les retrouvent, et la prière s'était transformée en une supplication car sa propre vie lui échappait. Incapable de nommer ou de comprendre le vide mais demandant qu'il disparaisse. Laisse-le partir. Quand il en avait eu fini il avait baissé les yeux et longé l'allée centrale, le talon de ses bottes cognant sur le plancher et produisant un écho dans l'endroit silencieux avec le haut plafond en voûte et il s'était imaginé qu'il y avait quelqu'un avec lui. Quelqu'un qui écoutait.

Il termina sa bière et jeta la cannette par terre.

Il y en avait à présent plusieurs sur le sol. Il en ouvrit une autre et alluma les phares car le paysage était enveloppé de gris, la couverture de nuages donnant une nuit précoce. Il arriva à une intersection et tourna à droite et au bout de huit cents mètres il s'arrêta au niveau d'une boîte aux lettres. Il l'ouvrit et en tira deux enveloppes puis il la referma. S'engagea dans l'allée et suivit la route cabossée, les pneus glissant un peu et projetant des éclaboussures et il atteignit la caravane. Il orienta ses phares vers la porte et klaxonna. Une tête apparut et Dixon cria par la vitre de la camionnette. Viens on va faire un tour.

La porte se referma. Des pneus gisaient ici et là dans la cour. Une chienne aux tétines pendantes arriva par le côté de la caravane et regarda la camionnette avant de se glisser sous le porche de fortune. Du liseron poussait dans une baignoire en fonte. La porte se rouvrit et une femme sortit. Elle portait une veste dont la capuche était rabattue sur sa tête et un short en jean qui avait été à sa taille dix ans plus tôt. Elle traversa la cour boueuse sur la pointe des pieds et quand elle grimpa dans la camionnette elle dit je suppose que tu crois que tu peux débarquer comme ça chez une femme et klaxonner et elle accourra.

« Bah, répliqua-t-il. C'est ce que t'as fait. »

Elle ôta la capuche et s'ébouriffa les cheveux. Puis elle prit une bière dans le pack en carton et baissa la fermeture éclair de sa veste.

« Ton courrier », dit-il, et il lui tendit les deux enveloppes.

Elle les saisit et les posa sur le tableau de bord.

« Je suppose que t'es pas venu pour ça. Pour m'apporter mon courrier.

– Non.

– T'as parlé d'aller faire un tour ?

– En effet.

– Alors démarre. »

Dixon fit demi-tour dans la cour. Il alluma une cigarette et elle lui en prit une. Il roula prudemment sur l'allée glissante et regagna la route. La pluie avait cessé et le ciel s'étirait en un mélange de gris et de pourpre. Elle monta le volume de la radio et battit la mesure sur son genou avec ses doigts. Ils roulèrent à travers la campagne humide en buvant leurs bières. Elle regarda par-dessus son épaule le fusil de chasse posé sur le râtelier fixé à la lunette arrière et demanda c'est quand la dernière fois que tu t'es servi de ce truc.

« Y a longtemps, répondit-il. Je vais quasiment plus jamais dans les bois.

– Tu pourrais toujours.

– Je suppose, dit-il. Mais tu sais où je passe mon temps. Au même endroit que toi. Et puis pourquoi t'es pas au bar ?

– Et toi ? T'as trop honte pour y retourner ?

– J'aimerais qu'il y ait que ça.

– Il est pas ouvert de toute manière, dit-elle. Il paraît que Myer a dû aller chez elle à cause de ce type.

– Qui ? Colburn ?

– Oui.

– Pourquoi ?

– Je sais pas. Je suis passée devant sa maison en rentrant du travail aujourd'hui et il y avait un paquet de trucs bousillés dans la cour.

– Comme quoi ?

– Laisse tomber. Bon sang. J'aurais dû rien dire.

– Allons voir.

– J'ai pas envie.

– Comment ça se fait ?

– Parce que dès qu'on ira dans cette direction la balade sera finie et on a même pas vraiment commencé.

– Montre-moi simplement.

– Faut que t'arrêtes.

– Je le sais. C'est ce que j'entends tout le temps.

– Je suis sérieuse, Dixon. Un jour tu rentreras chez toi et Sadie aura mis tes affaires dans des cartons si t'arrêtes pas. Ce type te met dans tous tes états. Pour rien.

– C'est pas pour rien.

– Alors c'est pour quoi ? »

Il tira sur sa cigarette. But sa bière. La camionnette dévia vers le milieu de la route.

« Alors allons faire un tour, dit-il.

– Elle pourrait même faire tes cartons sous prétexte que tu te balades avec moi.

– Je lui ai demandé d'abord.

– Donc je suis le deuxième ou le troisième choix.

– T'es pas un choix. On boit, on fume et on se balade. C'est si compliqué que ça ?

– Bien », dit-elle.

Elle ouvrit une nouvelle bière et prit une autre cigarette dans le paquet de Dixon sur la banquette.

« Tu sais quoi, dit-il. On ferait mieux d'aller voir.

– Arrête, Dixon.

– Ça prendra qu'une seconde si tu promets de te taire.

– Je promettrai de me taire si tu promets que tu me ramèneras pas et que tu me laisseras pas en plan dès que t'auras vu.

– Je promets », dit-il.

Ils savaient tous deux qu'il mentait. Elle poussa un gémissement et croisa les jambes. Secoua la tête. Il y avait un embranchement devant eux et il prit sur la droite, en direction de la vallée. Puis il enfonça la pédale de frein. S'arrêta au milieu de la route. Il passa la marche arrière puis la marche avant puis la marche arrière puis la marche avant pour faire demi-tour. Lui disant on aura le temps de faire ça une autre fois. Ça a aucun sens de faire comme si j'allais pas te ramener. Elle remua sur la banquette et fit la moue et elle ne parla plus. Elle se contenta de fumer en soufflant de petites bouffées irritées jusqu'à ce qu'ils soient de nouveau dans son allée.

55

Quand Colburn rouvrit les yeux il faisait nuit. Il était allongé par terre à plat sur le dos et il tenta de s'asseoir, mais quand il leva la tête il ressentit une douleur soudaine et il toucha le bleu qui s'étirait sur son front. Une vigne qui s'élevait à travers un espace dans le sol lui chatouillait les oreilles et il la repoussa sèchement et s'assit. Regarda autour de lui. Il avait plu pendant qu'il était inconscient. De l'eau gouttait du plafond. Des grenouilles grognaient dans la nuit. Il se demanda s'il était seul. Se demanda pourquoi ça n'avait pas été pire.

Il se leva et fit deux pas chancelants et se rattrapa au mur. Ramassa la robe de Celia. Il la roula en boule et sortit de la maison et s'enfonça dans la nuit. Il ne savait pas trop de quel côté aller mais il se mit tout de même en route. L'eau de pluie dégoulinait de la couverture au-dessus de lui et il glissa sur le sol humide. Il entendait des choses bouger dans le noir et ses yeux n'arrêtaient pas d'aller et venir et son pouls de s'emballer, désorienté et étourdi et voyant des créatures qui pouvaient être là ou non. Peut-être qu'elle est ici quelque part, songea-t-il. Peut-être qu'il y a sous le kudzu une autre maison ou une remise que seul le garçon connaît et c'est là qu'il l'a emmenée. Colburn avançait dans la nuit humide. Tentant de sortir de là. Des pensées soudaines qui faisaient sens. La façon qu'avait le garçon de s'asseoir au bout du comptoir quand Celia lui donnait à manger ou quand elle lui tendait une bouteille de Coca et il ne disait jamais un mot, se contentant de la regarder avec la tête baissée, la suivant de ses yeux enfoncés et bordés de noir. Poussant le Caddie sur le trottoir devant le bar de plus en plus souvent. S'aventurant à l'intérieur de plus en plus souvent. S'asseyant au même endroit et acquiesçant et regardant fixement, et il ne savait pas où le garçon pouvait se cacher ni comment il avait pu savoir qu'elle était à la source mais ça n'avait pas d'importance car tout concordait, la robe était la réponse.

Il dut se baisser et avancer à quatre pattes, la terre humide adhérant à ses mains et ses genoux. Il passa la tête à travers les vignes pour regarder autour de lui et le clair de lune traversait péniblement des nuages fins et faisait se détacher la silhouette de la colline. Il se baissa de nouveau et continua d'avancer à quatre pattes, se glissant entre les broussailles et les mauvaises herbes et se souvenant de la machette qu'il avait laissée derrière lui. Il sentit la pente monter et lorsqu'il passa de nouveau la tête à travers les vignes il vit les deux points blancs de phares. Leurs faisceaux braqués sur la remise dans le jardin de la maison de Celia. Il parvint alors à se relever, enjambant et traversant les vignes, levant haut les genoux et écartant les bras en grand pour garder l'équilibre tandis qu'il gravissait la colline. Des coupures et des éraflures sur ses bras et son cou et il saignait à présent.

Il parvint à sortir du kudzu. S'inclina en avant avec les mains sur les genoux et reprit son souffle. Agrippant la robe. Et alors il se redressa et marcha dans la lumière des phares. Couvert d'infectes traînées de sueur et de sang. Ses cheveux ternes collés à sa tête et à son cou et une boursouflure rouge en travers du front.

Colburn attendit là que quelqu'un bouge ou dise quelque chose, et il voulait que ce soit un ami ou au moins quelqu'un à qui il pourrait parler et dire faut que je retrouve immédiatement ce garçon venez avec moi. Aidez-moi. C'est ce qu'il voulait même s'il savait que c'était impossible. Il était seul. Il s'approcha de l'avant de la camionnette et une voix lui dit de s'arrêter. Et alors la portière s'ouvrit. Il leva le bras pour se protéger de la lumière et était sur le point de répondre à la silhouette noire qui se tenait maintenant à côté du capot quand il vit l'ombre d'acier du canon d'un fusil de chasse.

« Elle est où ? » demanda Dixon.

Colburn baissa les bras et fit un pas vers lui mais Dixon pointa le canon sur lui et dit bouge pas.

« Qu'est-ce que t'as dans les mains ?

– C'est pas ce que tu crois, répondit Colburn.

– Montre-moi ça.

– Merde, Dixon. Écarte-toi de mon chemin.

– Montre-moi. »

Dixon leva le fusil et braqua le canon sur le front de Colburn. Les phares brillaient à travers la vallée, les deux faisceaux les seules choses qui séparaient les deux hommes. Des insectes dansaient dans la lumière et le moteur ronronnait. Colburn lâcha la robe qui resta accrochée par les lanières à son index.

Le canon se mit à osciller tandis que les mains de Dixon se mettaient à trembler.

« C'est pas ce que tu crois, répéta Colburn.

– C'est exactement ce que je crois. »

Dixon secoua la tête. Il ravala un sanglot.

« À genoux, ordonna-t-il.

– Faut que tu m'écoutes.

– À genoux.

– J'ai trouvé la robe et je sais d'où elle vient. Tu dois m'emmener voir Myer.

– Ferme-la », dit-il.

Sa voix tremblait comme ses mains et il ne dégageait pas l'image de force et de puissance qu'il aurait souhaité mais semblait plutôt en train de s'effondrer.

« T'as une femme, dit Colburn.

– Me parle pas.

– Pense à elle.

– J'ai dit ferme ta putain de gueule », ordonna Dixon.

Le canon s'éleva et la détonation fut accompagnée d'un éclair incandescent quand Dixon tira au-dessus de la tête de Colburn. Le coup de feu résonna à travers la vallée, un écho qui ne sembla pas s'arrêter. Colburn mit les mains sur sa tête et se recroquevilla sur lui-même, puis il tomba à genoux et tenta de disparaître dans la terre, et tandis qu'il avait les yeux fermés et les oreilles qui sifflaient un talon de botte lui percuta le front, écrasant le bleu déjà douloureux à l'endroit où la pelle l'avait atteint. Il tomba sur le côté, se tordant de douleur tandis que Dixon se tenait au-dessus de lui, et Colburn déclara alors c'est le garçon. Le garçon avec le Caddie qu'on voit partout en ville. Il avait la robe et il a d'autres trucs à moi et à Celia là-bas dans cette maison. Je jure que j'en reviens juste et je vais te montrer. Bon sang je vais te montrer mais arrête de tirer. Je le jure. Colburn se hissa sur un bras et leva la main vers Dixon et dit s'il te plaît.

« Lève-toi et monte dans la camionnette avant que je te tue, répondit Dixon. Je sais pas ce que t'as fait mais je pourrais te descendre sur-le-champ et personne en aurait rien à foutre. Absolument personne. »

Colburn tendit la main et agrippa le pare-chocs et se hissa sur ses pieds. Il se dirigea vers le côté passager mais Dixon dit attends. C'est toi qui conduis et au moindre mouvement de travers je te bute. Après quoi il désigna avec le canon du fusil le siège conducteur et Colburn traversa les faisceaux de lumière et s'assit au volant. Avant que Dixon puisse atteindre l'autre côté il enclencha la marche avant et écrasa la pédale d'accélérateur. Les roues de la camionnette se mirent à tournoyer encore et encore sur le sol détrempé et Dixon paniqua, faisant un bond en arrière suivi d'une brève petite danse et il mit l'index sur la détente tandis que le pick-up démarrait en zigzaguant. Dixon leva le canon et hurla et Colburn relâcha l'accélérateur juste assez pour que les pneus adhèrent au sol et il y eut une détonation et la lunette arrière vola en éclats. Le verre explosa tout autour de Colburn tandis qu'il se baissait mais il garda le pied sur l'accélérateur. Levant de nouveau la tête juste à temps pour éviter un pacanier puis atteignant l'allée de gravier. Un nouveau coup de feu dans la nuit qui n'atteignit pas sa cible tandis que Colburn s'engageait sur la route et fonçait vers la ville.

Il s'arrêta à une cabine téléphonique devant la station-service et composa le zéro. Demanda à être mis en relation avec le shérif. Oui, c'est une putain d'urgence. Myer tournait en rond dans son salon quand le téléphone sonna et dix minutes plus tard il arriva à la station-service et trouva Colburn assis sur le hayon de la camionnette de Dixon tel un mannequin souillé. La robe de Celia en travers de ses cuisses.

56

Le garçon fut interpellé le lendemain matin tandis qu'il poussait le Caddie au bord de la route. Il s'était arrêté pour s'appuyer à un poteau de clôture et regarder un veau qui suivait sa mère quand la voiture de patrouille arriva et s'immobilisa au milieu de la route. Myer et son agent le firent asseoir sur la banquette arrière et laissèrent le Caddie là telle une relique de bord de route qui permettrait un jour d'expliquer ce moment au passant curieux.

Le garçon prit place à une table carrée dans une pièce carrée et Myer ne tarda pas à ne découvrir pratiquement rien. Le garçon n'était pas certain de l'âge qu'il avait. Il n'était pas sûr de son nom ni de ceux de l'homme et de la femme. Il n'était jamais allé à l'école. Il ne connaissait pas le nom de la ville dans laquelle il se trouvait ni celui des autres endroits où il prétendait être allé avec l'homme et la femme. Il ne connaissait ni le mois ni l'année et ne savait ni lire ni écrire. Il laissa entendre qu'il y avait eu un petit garçon avec eux mais il ne connaissait pas non plus son nom et il ne savait pas exactement ce qui lui était arrivé.

Il leur parla du trou et essaya de leur dire ce qui s'était passé avec l'homme mais il n'arriva pas à s'expliquer de manière satisfaisante. Il parla de la femme. Myer lui demanda quelle femme ? Celle qui était avec toi avant ou Celia ? Il acquiesça. Puis il secoua la tête. Puis il répondit simplement cette femme. Celle-là. Il mentionna son hurlement comme s'il avait été présent quand elle l'avait poussé. Ses explications embrouillant aussi bien Myer que les hommes cravatés qui étaient assis sur des chaises derrière le garçon. Bras croisés. S'étant déjà fait leur opinion puisque le garçon admettait être en possession de la robe. Admettait savoir où elle était. Son récit décousu de la façon dont il avait découvert le trou et était descendu dedans et de ce qui était arrivé soit à la femme soit à Celia soit aux deux. Il s'exprimait par bribes sommaires qui parfois avaient un sens et parfois non. Un mélange de paroles et de gestes des mains. Il ne pouvait pas expliquer l'homme. Ses yeux injectés de sang et vides et le fait qu'il était devenu une chose pire que ce qu'il était avant. Il ne savait ni comment l'expliquer ni comment le nommer. Tout ce qu'il pouvait dire c'était qu'il était descendu là-bas après.

« Après ? demanda Myer. Il est descendu après quoi ?

– Il était après les autres, déclara le garçon.

– Comment ça. Quels autres ?

– Il était après.

– Après quoi ? Tu l'as poussé dans ce trou après y avoir envoyé les autres ?

– Non.

– Alors tu l'y as envoyé avant les autres ? »

Les questions tournaient en boucle et il refusa finalement de répondre, s'enfonçant dans sa chaise. Baissant les yeux et frottant ses bras maigres et sa tête agitée par de petits spasmes.

Vas-y raconte-nous, disaient-ils. Le poussant. Dis-nous exactement ce que tu sais. Tu avais l'habitude d'aller au bar et de manger avec Celia ? Elle t'aimait bien, pas vrai ? Est-ce que tu l'aimais bien ? Elle était gentille avec toi, apparemment. Allez dis-nous. Qui as-tu poussé dans ce trou ?

Mais il refusait d'en dire plus. Ses joues et ses yeux agités par des convulsions de frustration et il remuait sur la chaise comme s'il souffrait. Myer lui dit de se calmer et ils lui donnèrent un verre d'eau puis le laissèrent seul dans la pièce. L'observèrent par la vitre de la porte comme si c'était un phénomène de foire avec son propre langage. Sa propre façon de survivre. Ses propres règles dont ils pensaient qu'elles ne pouvaient être que sauvages, et cet endroit sombre dont il parlait dans la vallée. Cette créature. Même s'il était né et vivait et bougeait depuis longtemps parmi eux, c'était la première fois qu'il semblait faire partie de l'existence des hommes.

Le garçon fut détenu deux jours. Pendant ce temps Colburn emmena Myer et les enquêteurs à la maison ensevelie, une maison que les équipes de recherches avaient visitée quand les jumeaux avaient disparu mais qui était maintenant ornée de silhouettes en bâtonnets et qui abritait des souvenirs des disparus. Il les mena à la source où les chaussures de Celia attendaient toujours. Il se tint avec eux dans le bar et expliqua qu'elle donnait à manger au garçon et dit comment elle le traitait. Il raconta tout à Myer de la dispute avec Dixon et ce que ce dernier avait dit à propos de son père et de la mère de Celia et comment ça l'avait mis hors de lui. Comment il était allé chez Celia et avait perdu la tête et tout bousillé. Comment il avait cherché Celia à la source parce qu'elle avait disparu et comment il avait en vain attendu son retour. Expliqua qu'il se souvenait de ce qu'elle lui avait dit à propos de la maison au fond de la vallée et que ça lui avait semblé être un message, alors il était allé voir par lui-même.

Le garçon mangea tout ce qu'on lui donna et on lui fit prendre une douche et revêtir un survêtement orange qui était trop grand pour sa charpente maigre. On lui donna aussi des chaussettes et des baskets à sa taille. Colburn vint le voir une fois. Il s'assit avec lui dans la cellule et Myer lui avait donné des questions à poser, mais d'un ton plus doux. Dans une langue simple qu'il espérait que le garçon comprendrait. Colburn parla de Celia et dit je savais que c'était une fille bien. Elle était gentille avec toi. Nous l'aimions tous. Il lui demanda où il se trouvait quand elle était allée à la source. Il le questionna sur l'homme et la femme. Il le questionna sur les jumeaux. Mais le garçon se contentait de le fixer du regard. Il ne répondit qu'à une seule question quand Colburn s'apprêta à sortir et se retourna et demanda pourquoi il l'avait frappé avec la pelle quand il était dans la maison, et le garçon le regarda avec des yeux inquiets et dit je croyais que c'était lui qui était revenu.

Le lendemain du troisième jour ils firent monter le garçon dans la voiture de patrouille et se rendirent à la vallée et lui dirent montre-nous où ils sont. Le garçon mena Myer et les deux enquêteurs à la grotte. L'odeur était encore plus forte et emplissait la totalité du tunnel et s'élevait de l'entrée. C'est le trou dont tu parlais ? demanda l'un des hommes. Le garçon acquiesça et ils descendirent. Se couvrirent la bouche et allumèrent leurs torches électriques et suivirent le garçon dans les entrailles du tunnel. Jusqu'à la fosse.

Les trois hommes plongèrent leurs lumières dans l'obscurité. Stupéfaits par la profondeur. Écœurés par l'odeur. Tentant de déterminer de quoi ils auraient besoin pour aller là-dedans et jusqu'où ils devraient descendre. Les points de lumière dansèrent dans le noir quand ils examinèrent le tunnel, et de l'autre côté de la fosse le garçon repéra une racine semblable à une corde qui pendait du bord éloigné. Myer et les enquêteurs exprimèrent leur incrédulité. À propos de la grotte et du tunnel. À propos des horreurs bien réelles que les gens du coin ne voudraient pas croire. Pendant qu'ils parlaient le garçon se baissa et retroussa le pantalon de survêtement, l'écartant de ses pieds et l'enroulant jusqu'à ses cuisses. Puis il relaça ses chaussures.

Il fonça entre eux et sauta dans le noir, s'envolant au-dessus de la fosse en ouvrant des mains pleines d'espoir.

« Bon sang ! » hurla Myer.

Les faisceaux de leurs torches le poursuivirent et le garçon attrapa d'une main l'extrémité de la racine, son corps flottant au-dessus du vide.

« Bon Dieu de merde », dit un autre homme.

Le garçon balançait d'avant en arrière. Ils attendaient tous que la racine cède et que le garçon disparaisse. Mais la racine tint bon. Le garçon émit un long gémissement irrité semblable à une sirène quand il leva l'autre main et la saisit. Et centimètre par centimètre il commença à remonter.

Myer tira son pistolet de son holster. Ils braquaient leurs lumières sur le garçon et le regardaient se débattre. Son torse qui se tordait tandis qu'il grognait et transpirait. Une traînée de sang qui partait d'un côté de sa main et s'écoulait le long de son bras.

« Il va pas y arriver », déclara l'un des hommes.

Le garçon battait des pieds et s'agitait. Il tirait et grognait tout en se hissant le long de la racine. Et il y parvint. Grimpant jusqu'à passer la main sur la terre et à agripper un épais fragment de roche. Projetant la jambe par-dessus le bord. Puis s'extirpant de la fosse et tombant à plat sur le dos. Épuisé et à bout de souffle mais en vie.

« Reviens de ce côté, lança l'un d'eux.

– Ne va pas plus loin », dit Myer.

Le garçon se leva. Son pantalon était retombé durant sa lutte et recouvrait ses jambes et ses pieds. Il le retroussa de nouveau. Regarda le sang sur ses mains. Les trois faisceaux sur son visage et leurs voix lançant de sévères avertissements par-dessus la fosse. Des avertissements qui produisaient un écho puis s'estompaient.

« Abattez-le, dit l'un d'eux.

– Pourquoi ? demanda Myer.

– Il prend la fuite.

– Ne bouge pas, dit Myer.

– Qu'est-ce que vous allez dire à ces gens si vous le laissez s'échapper ? »

Le garçon s'épousseta puis se retourna et commença à s'enfoncer dans le tunnel. Leurs lumières qui tournaient en rond de frustration et leurs cris et la dispute entre eux. Abattez-le. Je ne lui tire pas dessus. Vous avez intérêt à le descendre. J'ai dit non. Le garçon continua de s'enfoncer de plus en plus profondément. Sa silhouette disparaissant. Une vision des Enfers s'échappant, et alors tandis qu'il se fondait dans le noir le pistolet tira une fois. Puis deux fois de plus.

57

Une route avait été dégagée jusqu'à la grotte et le tunnel, et trois poulies et des cordes furent utilisées pour descendre des hommes dans la fosse et remonter les corps de la femme et de l'homme, des jumeaux, et de Celia. Dixon était sur place pendant la création de la route et l'excavation du tunnel et de la fosse, supervisant le matériel. S'assurant qu'il était correctement manié. Et il se tenait là lorsqu'on sortit Celia, et quand son corps fut étendu par terre il se retourna et quitta la vallée. Il roula jusqu'à son bureau et rendit ses clés à la secrétaire puis roula jusque chez lui et donna ses clés de la maison à Sadie. Une fois les corps récupérés les bulldozers et les pelleteuses furent laissés là. Attendant la morte-saison. Prêts pour l'attaque.

Durant la période transitoire de l'automne Myer se repassa chaque pas qu'il avait fait depuis l'instant où il avait rencontré l'homme et la femme et le garçon, traînant à côté de leur Cadillac en panne sur le parking du bureau de poste. Parfois il se maudissait de ne pas avoir tracté leur voiture jusqu'au garage et payé ce qu'il aurait fallu pour qu'elle roule de nouveau avant de dire à l'homme de s'asseoir au volant et de le suivre. De le mener à la limite du comté tout en regardant dans son rétro pour s'assurer qu'ils ne s'enfuyaient pas sur une petite route de campagne puis de s'arrêter à la frontière et de leur donner cinquante dollars et un sac de sandwiches et de leur dire de continuer de rouler et ne revenez pas. D'autres fois il se maudissait de les avoir ignorés. Tu voyais ce garçon et cette femme aller et venir en ville. Tu voyais ce qu'ils faisaient. Fouillant dans les poubelles. Rôdant dans l'allée derrière le café en attendant des restes de nourriture. Tu savais que cet homme était une vermine mais tu aurais pu donner du travail à ce garçon et donner du travail à cette femme parce qu'elle disait qu'ils en cherchaient. Tu les voyais et tu les as laissés tranquilles alors que tu savais que quelque chose clochait. Mais tu n'as rien fait. Tu as regardé. Il se maudissait de ne pas les avoir chassés et il se maudissait de ne pas leur avoir tendu la main et les deux aspects de son introspection engendraient des accès équivalents de regrets qui le faisaient tourner autour de son étang le soir tandis que la lune se réfléchissait sur l'eau immobile tel un œil pâle et omniscient.

L'hiver arriva. Les feuilles de kudzu moururent avec le froid, laissant la vallée recouverte d'un enchevêtrement de vignes marron et gris. Un maillage dénué de feuilles qui laissait voir les plantes et les arbres et le sol en dessous, la terre battue et ensevelie qui recevait la lumière d'un soleil de décembre. Le travail commença et dura des mois. Les vignes et le sous-bois arrachés de la terre. La maison décrépite détruite. Les arbres coupés puis les souches entourées de chaînes et déracinées, et à travers la vallée s'élevèrent d'énormes tas de bois et de broussailles et de vignes emmêlés. Des tas qui furent ensuite brûlés, les nuages de fumée flottant au-dessus de la vallée et de la ville tels de gigantesques esprits attentifs, et la nuit les feux formaient de hauts brasiers rouge et or. Les racines de kudzu survivantes étaient profondément cachées dans le sol, là où les hommes ne pouvaient ni les voir ni savoir, et un jour elles réapparaîtraient. Progressant petit à petit. Le temps n'était pas un obstacle. Attendant patiemment que leurs péchés soient oubliés.

58

On ne retrouva jamais le garçon. Mais Colburn entendait les habitants de la ville parler de lui.

Ils le traitaient d'assassin. D'adorateur du diable. De tueur. Il les entendait quand il était à la quincaillerie et il les entendait quand ils se regroupaient sur le trottoir. Colburn déambulait en ville et parlait rarement et ne croisait jamais leur regard et il avait commencé à s'imaginer que le garçon était de nouveau dans la rue. Poussant son Caddie. Fouinant dans les poubelles. Les gens lui disant de s'en aller. Errant en direction du bar dans l'espoir d'un moment de répit. Espérant manger. Et à mesure que le temps passait il voyait le garçon plus souvent et l'observait plus attentivement. Son cou recourbé et la peau âpre de ses joues et la façon qu'avaient ses yeux de sembler se cacher sous son front. Il voyait le garçon la journée et il le voyait au crépuscule tandis qu'il se tenait là et regardait la vallée ravagée, et bientôt il prit conscience de la gravité de son propre jugement.

Il aurait voulu dire au garçon je sais que ce n'était pas toi. Je ne sais pas ce que c'était mais je sais que ce n'était pas toi et que ce n'était pas ta faute. Il le disait dans le vent quand il roulait dans son pick-up. Il le disait quand il était assis sur la chaise en aluminium cabossée dans le jardin de Celia au milieu de nuits constellées d'étoiles, espérant qu'elle vienne le hanter.

Il le disait au garçon et alors il se le disait à lui-même. Ce n'est pas ta faute. Songeant à sa propre enfance. Et que se serait-il passé si quelqu'un m'avait dit ça. Ce n'est pas ta faute. Il pensait au garçon et à la vie qu'il avait vécue, à son apparence et à son incapacité à communiquer et à tout ce qu'il avait manqué et manquerait à jamais. Ce n'est pas ta faute et je t'ai considéré de la même manière que les autres alors que j'aurais dû savoir. Mais il était trop tard et un soir solitaire tandis qu'il regardait les dernières lueurs se répandre sur les flancs de collines dénudés il dit au garçon tu es mon frère dans ce monde. Et je regrette de ne pas l'avoir su.

Il passa ses dernières journées à Red Bluff assis sur le porche de Celia. Attendant curieusement toujours de la revoir. L'imaginant assise là avec lui, buvant au goulot de la bouteille. Les mouchetures de vernis sur les ongles de ses orteils. Son aura de paix et d'affection. Va-t'en, se rappelait-il lui avoir dit avec ses mains gonflées et couvertes de sang après son saccage. Elle est venue à toi et tu lui as dit de partir et elle l'a fait. La seule foutue chose que tu as demandée et obtenue. Il tira un mégot de cigarette du cendrier qui était posé sur une pile de magazines. L'extrémité rosie par son rouge à lèvres. Il l'enfonça dans sa poche et jeta un dernier coup d'œil à la grande main électrique dans la fenêtre avant de se mettre à marcher entre les pacaniers et de monter dans sa camionnette et de s'en aller. Laissant tous ses outils et sa ferraille dans le bâtiment du centre-ville.

Il trouva sur les bateaux du Mississippi un travail qui lui permettait de partir des semaines durant. Entre ses périples il menait une existence solitaire dans les motels au bord du fleuve, et des décennies s'écoulèrent ainsi. Quand il s'aperçut qu'il était malade il n'alla pas voir de médecin et n'essaya pas de se soigner.

Une douleur dans les os et sa force qui diminuait et le souffle court. Ses mains tremblantes et lui allongé sur son lit sauf quand il allait aux toilettes ou tentait de manger quelque chose, et pendant les dernières semaines de sa vie les voix de la vallée le trouvèrent et dans son délire enfiévré il n'était plus seul dans une chambre de motel mais dans une maison où des enfants déambulaient librement.

Aux moments où la douleur était à son paroxysme il hurlait après le monde dont il estimait qu'il l'avait abandonné, et c'est alors qu'une vieille femme apparaissait dans la maison avec ses cheveux gris ébouriffés et du sang séché dans le nez et un coassement qui était quelque part entre un rire et des pleurs. Les enfants disparaissaient alors, comme effrayés par la vieille démente qui était venue rendre visite au malade, mais l'un d'eux revenait dans les moments d'apaisement et d'épuisement quand elle le laissait seul. Il s'asseyait au bord du lit et parlait à Colburn avec une sérénité fraternelle que ce dernier n'avait jamais connue. Et l'enfant faisait des promesses. Suggérant qu'ils seraient ensemble dans un avenir sans entraves. Colburn avait lu des Bibles rigides dans des chambres de motel et parfois il trouvait du réconfort dans certains passages, alors qu'à d'autres moments il voyait combien il n'avait pas été à la hauteur et il sentait le feu de l'enfer qui avait été allumé pour lui par ses parents dès le moment de sa conception. Un enfant damné né dans un monde damné et il n'y avait rien d'autre à faire qu'accepter le rejet qu'on lui réservait. Durant les derniers jours il craignit l'incertitude de ce qui l'attendait, mais il pensait que ça ferait mal. Car il avait enragé contre la vie qu'on lui avait donnée et n'avait jamais rien essayé d'autre. Il avait pesté amèrement contre sa mère et son père. Contre la force qui lui avait pris Celia. Contre la vallée qui voulait toujours plus et le prenait. Contre le sentiment de culpabilité que déclenchait en lui sa colère, cette colère qui avait poussé Celia sur le sentier. Une amertume avait grandi en lui et s'était répandue à travers son corps et avait réchauffé son sang, et elle se mêlait désormais à la maladie qui coulait dans ses veines.

Durant ses derniers jours cloué au lit et délirant il cria à l'enfant de revenir et de rester avec lui, et lorsqu'il revint l'enfant le supplia de le dire. Tout ce que tu as à faire, c'est le dire. Mais Colburn ne voulait pas. Il voulait que ce soit le monde qui implore son pardon et non l'inverse. Dis-le, disait l'enfant. Dis-le et nous pourrons partir ensemble. Tu pourras être mon frère.

Non.

Pendant les dernières heures de sa vie ils se disputèrent encore et encore puis il sentit qu'il capitulait. Et devenait plus léger. Comme si une multitude de mains affectueuses touchaient son corps et le soulevaient. Il avait la sensation d'être au-dessus. Dehors et longeant le fleuve et survolant la vallée de kudzu. Plongeant son regard dans la force de la nature. Dis-le, murmurait l'enfant. Ce n'est pas ta faute. Les mains le tinrent et le portèrent jusqu'à l'espace situé entre lumière et ténèbres, et alors il le dit. Je suis désolé. Il sentit son esprit se soulever et il sentit le poids de la maladie et de la solitude disparaître et il le répéta encore et encore. Je suis désolé. Et la multitude de mains le tinrent entre lumière et ténèbres et alors elles le lâchèrent. Attendant de voir si son esprit s'élèverait. Ou s'il tomberait.

REMERCIEMENTS

Mes remerciements à Josh Kendall, Reagan Arthur, Ellen Levine, Yuli Masinovsky, Jason Richman, Ion Mills et Geoffrey Mulligan. Je veux aussi remercier Sabrea, Presley et Brooklyn, l'équipe qui me pousse à persévérer.

Imprimé en France
par Normandie Roto Impression s.a.s. à Lonrai
N° d'impression : 2100859